「質問。——広い海で一人分だけ浮いていられる大きさの板切れに摑まっていたら、愛する人が溺れていた。板切れを渡したら自分は沈む。お前はどうする？」

マホロの髪をひと房手に取り、ノアが聞く。

「愛する人を見殺しにはできません。板切れを渡します」

マホロが迷わず答えると、ノアは冷笑した。

「お前はそうだろうな」

ノアはマホロの髪に口づけ、やるせなさそうにマホロを抱きしめた。

SHY NOVELS

花嵐の血族

夜光花

イラスト 奈良千春

CONTENTS

花嵐の血族

1 家名

――オスカー・ラザフォードが初めて風魔法を見たのは、祖母の屋敷だった。

オスカーの祖母、エミリー・ラザフォードは女性にしては身長が高く、筋肉質な身体つきだった。男勝りで、父や友人、目上の上司にも食ってかかる気の強い面があった。一目置かれていたといえば聞こえはいいが、生意気な女だと疎《うと》まれている面もあった。

祖母には一歳上の姉がいて、祖母とは対照的に儚《はかな》げな女性だった。いつも優しく微笑み、頼まれると断れない、姉なのに妹である祖母の陰に隠れているような性格で、花を愛《め》でるのと刺繍《ししゅう》をするのが趣味という、何から何まで祖母とは正反対の女性だった。祖母は幼い頃から周囲によく姉と比較されていて、親から口癖のように、「女として幸せなのは、姉のほうだ。お前は男に生まれてくれればよかったのに」と言われていたそうだ。

儚げな女性だった祖母の姉は、早くに結婚して子どもを出産したが、産後の肥立ちが悪くて亡くなった。享年《きょうねん》二十一だった。一方、祖母は子どもを五人も産み、六十八歳になった今でも健康そのものだ。女性としての幸せなど、犬にでも喰わせればいい、というのが祖母の主張だ。

そんな祖母は風魔法の使い手でもあった。

デュランド王国の子どもは生まれてすぐに魔法回路があるか検査を受ける。赤子の手に魔法石を握らせて、精霊が集まってくるか確認するというものだ。

ラザフォード家の直系に生まれたオスカーは、生後三日目にこの検査を受け、風の精霊を集めた。五名家の血族であれば魔法回路を持つ者は珍しくなかったが、オスカーの姉は風魔法を使えなかったので、両親はことのほか喜んだという。

風魔法を操れるということで、オスカーは小さい頃から祖母の屋敷によく招かれていた。祖母はラザフォード一族の族長で、風魔法の有数の使い手だ。習うなら祖母がいいと父親から言われていた。

「オスカー。よく見てごらん。これが私たち一族の受け継ぐ風魔法だよ」

五歳になった頃、屋敷の庭にオスカーを連れていって、祖母がそう告げた。それまで無風だった庭に、一陣の風が舞い込んだ。デュランド王国では魔法の私的な使用を厳しく禁じているが、五名家の屋敷内においては特別に許可されている。族長は子どもや孫、血縁関係にある者に、自分たちの一族が使う魔法を教え込む。

祖母は杖を使って空に何かの印を刻む。風と共に花びらが運ばれてきて、まるで生き物のようにダンスを始めた。宙に円を描いたり、一列になって飛んだり、花びらは自在に動き回っていた。

「すっごーい」

瞳をキラキラさせていたオスカーは、いきなり背中をどんと突き飛ばされた。風圧で、身体が前のめりになったのだ。転ぶと思った瞬間、まるで目に見えない魔法の絨毯《じゅうたん》に乗せられたように、身体が宙に浮いた。

「どうだい、すごいだろう」

祖母は得意そうに言って、杖を回す。オスカーは祖母の風魔法によって宙で回転をしたり、花びらに囲まれたりした。

「グランマ！　すごい、すごい！」

オスカーは興奮して声を上げ、小さな手を振り回した。高い場所まで運ばれたかと思うと、回転して落下する。こんなに楽しい遊びはないとオスカーは手を叩いて喜んだ。やがて祖母は杖をくるりと回し、オスカーを芝生の上に軽やかに着地させた。

「どうだい、風魔法はすごいのさ。お前もやりたいだろう？」

祖母ににやりと笑われ、オスカーは「やりたい！」と大声を上げた。

「グランマが杖を振ると、小さい人がいっぱい飛んでいるよ！」

オスカーが祖母に抱きついて言うと、驚いたように頭を撫でられる。

「そうかい。お前は精霊を視《み》る『眼』を持っているようだね。魔法を使える者でも、精霊を視る者はごくわずかさ。そいつはいい。お前は私の後継者になれるよ」

祖母は満足げに言い、オスカーの頬にキスをした。

「オスカー。大事なことを言うから、よくお聞き」

オスカーと目線を合わせるように膝をつき、祖母は真面目な顔つきになった。

「この力を最大限に引き出すコツは、風の精霊と心を通わせること。いいかい、これから嫌だと思ったことはしないでいい。好きなことだけおやり。風の吹くまま、気の向くまま生きていれば、お前は風魔法を誰よりも上手く使いこなせるようになる。ただし、根底には必ず愛を持つこと。愛のない行動はお前の魂を穢《けが》すからしてはいけないよ」

祖母は言い含めるように語った。難しすぎて幼いオスカーにはよく理解できなかったけれど、嫌なことはしなくていいという言葉はオスカーの胸に深く突き刺さった。一族の御意見番、族長である祖母が言うのだから間違いない。自由に生きていこう。

その日から、祖母はオスカーの風魔法の師匠になった。厳しいが、祖母とは馬が合い、一日中風魔法を学んでいても苦ではなかった。

「オスカー、私の友達に手を出したでしょう!」

優雅な午後のひととき、執事の淹《い》れてくれたハーブティーを飲みながら過ごしていた時だ。テラスでお茶を愉《たの》しむオスカーの前に、姉のミランダが怒鳴り込んできた。読みかけの本を閉じ、オスカーはにこやかに微笑んだ。ミランダは目尻の上がった少しきつい感じの面立ちで、オスカーより二歳年上だ。今日は初夏の装いにふさわしく、赤い花柄のワンピースを着ている。

「やぁ、姉さん。ジュリエッタのこと？　まだ手は出していないよ。デートしてキスしただけ。言っておくけど、声をかけてきたのは向こう」

　オスカーが平然とのたまうと、ミランダが顔を赤らめて、テーブルに置いた本を奪う。有名な詩人のハードカバーで殴られ、オスカーは痛いなぁと頭を擦った。

「私の友達だって知ってたなら、ほいほい誘いに乗らないでよ！　どうせすぐ別れるんだから！その後、気まずくなるでしょ！」

　ミランダは怒りまくっている。

　オスカーは五名家の貴族というのもあるが、見目がよく背も高いし、学業も優秀、おまけに風魔法の使い手ということでとてもモテる。初体験は十四歳。年上の綺麗なお姉さんに手ほどきされた。それ以来、数々の浮名を流している。

「ミランダ様、ハーブティーはいかがでしょう。気持ちが落ち着くかと存じます」

　拳《こぶし》を握るミランダに、執事が声をかける。落ち着いた声音で勧められ、冷静さを少し取り戻したのか、ミランダはオスカーの向かいにどさりと腰を落とした。五名家の貴族の令嬢とはいえ、ミランダはあまりおしとやかではない。姉の特権なのか、怒るとすぐにオスカーを殴ってくる。力ではとっくに姉より強いオスカーだが、愛する姉を傷つけたくないのでパンチは避けないで受けとめている。

「ごめんね。姉さん。別に遊びで手を出したわけじゃないよ？　ジュリエッタが可愛いからさ」

　執事の淹れたお茶を飲み干すミランダに、オスカーはにこりと笑った。

「そう言って、いつもすぐ別れるじゃない！　あんたのこれまでの女性遍歴を知ってたら、大切な友達を渡せないわ！　ジュリエッタにもそう言ったのに、何故かこういう時、女はいつも『私となら続くわ』って自信満々なのよね……」

　ミランダが頭を抱える。

「俺だって別れるのを前提につき合っているわけじゃないよ？　最初はいつもこの子とならきっと上手くいくと思ってるんだ。でもつき合いが続くと、相手が変わっていっちゃうからさ」

　オスカーは中庭にいる庭師に手を振った。中庭では白い薔薇《ばら》が見頃だ。薔薇には虫がつきやすく、庭師は日に何度も手入れをしている。話している時はこっちを向きなさいとミランダに耳を引っ張られた。

「何でかなぁ……。俺といると、精霊が消えちゃうんだよなぁ……」

　オスカーは嘆かわしげに呟く。

　オスカーは可愛いと思った子には躊躇《ちゅうちょ》なく声をかける。相手が貴族の令嬢だろうが平民の娘だろうが、男だろうが年増だろうが、関係ない。ただ、一つだけ条件がある。つまり、精霊が憑《つ》いている子。精霊が憑いている子は例外なく可愛いと思うし、煌《きら》めいて見えるのだ。ところがオスカーとつき合い始めると、しばらくして相手から精霊が消えてしまう。そうするとオスカーの心も冷め、興味がなくなる。

　ジュリエッタにも精霊が憑いている。姉の友人であることは知っていたが、それでも惹《ひ》かれてしまったのだ。

「あんたといると感情が乱れるからよ。精霊って、心の綺麗な人にしか憑いていないいんでしょう？　あんたとつき合うことで、他の人に嫉妬したり、嫉妬されたり、愛されているか心配になったりして、ぐちゃぐちゃになっていくんじゃない？　本当にうちの弟のモラルはどうなってるの？　あんたとつき合っても精霊が消えない子なんて、よほど鈍い子か、馬鹿だけよ」

ミランダの辛辣《しんらつ》な指摘にオスカーはぽんと手を叩いた。

「俺のせいだったんだ？　確かに一番長く続いた子は、ちょっと頭の弱い子だったな。話が合わなくて駄目になったけど」

感心して頷くと、ミランダがこめかみを引《ひ》き攣《つ》らせる。

「ああ、この熱いお茶をこいつにぶっかけてやりたい……」

肩をわななかせるミランダに、執事が「お嬢様、辛抱でございます」と囁《ささや》きかける。

「でもグランマはずっと精霊がいるよ？　俺はああいう人に出会えたら、結婚したいな」

祖母の風魔法を思い出して、オスカーは微笑んだ。風魔法の師匠である祖母には、常に精霊がいる。だから傍にいると心が軽やかになり、離れがたくなる。そうだ、週末は祖母の屋敷へ遊びに行こう。ジュリエッタも連れていけばいい。

「ホント、もうお祖母《ばあ》ちゃんっ子なんだから。でも女をひっかけているより百倍マシ。グランマにこの浮気男をどうにかしてくれって頼もうかしら」

ミランダも祖母を思い出したのか、表情が弛む。

「いいね、一緒に行こうよ。ジュリエッタも連れて」

「勘弁して。私はジュリエッタのことをよく知ってる。彼女の精霊も数カ月で消えるでしょうよ」

ミランダのその言葉は予言のごとく、事実となった。

数カ月後、オスカーはジュリエッタと破局を迎えた。丁寧に別れを切り出したつもりだったが、けっこうな修羅場になった。そのせいでミランダとジュリエッタの仲も悪くなり、後で散々詰《なじ》られた。

自由に生きろと祖母に言われたのでそうしているつもりだが、恋愛だけはなかなか上手くいかない。一人でなら大抵のことは上手くこなせるのに、誰かとやらなければならないことは苦手だ。

十八歳になって、オスカーは国の決まりに従い、ローエン士官学校に入学した。男子校だし、これでオスカーの浮名を聞かずにすむようになると、ミランダは手を叩いて喜んだ。実際は恋愛対象が男か教師になっただけで、オスカーの生活はほとんど変わりない。

ローエン士官学校は魔法回路を持つ者しか入学を許されない。その魔法回路は五名家の血を引く者にのみ顕《あらわ》れる。だから直系であれ傍系であれ、学生には基本的に五名家の血が流れている。直系と傍系の違いは、生まれた時から魔法を教えてくれる人間がいるかいないかだ。直系であれば、入学前から魔法を扱える者もいる。友人であるノアはセント・ジョーンズ家の直系で、身体能力も高く、学業はどの科目もパーフェクト、おまけに火魔法の強力な使い手だった。会った時から火の精霊をまとっていて、オスカーの興味を引いた。しかもオスカーですら少し怯《ひる》むくらいの華やかな美しさを兼ね備えていた。

「噂には聞いている。風魔法のオスカーだろう？　おまえの家の族長のエミリーとは面識がある」

初めて言葉を交わした時、ノアは美しいブルネットの髪を肩に垂らして、微笑んだ。ノアの微笑みには気を呑まれるような迫力がある。本当にただの火魔法の使い手だろうか？　それだけではない何かを感じて、オスカーは彼と友達になりたいと願った。これだけ美しいなら恋愛相手としても申し分ないと思ったのだが、口を開いて五分もすればノアがそういう意味で自分に興味はないのがすぐに分かった。いや、自分以外にも——。

本人は自覚がないようだが、ノアはけっこうな人嫌いだった。

これだけ綺麗な顔をしていると多くの人が話しかけたがるのだが、誰にも微塵《みじん》も興味を抱いていなかった。一目置いた相手には礼儀を尽くすが、それ以外には本当にひどい。人と認識しているのかさえ疑わしい。

「ノア、ねぇ、体術の授業で聞きたいことがあるんだけど……」

「ノア、今度の休みに一緒に森に行かない？」

「ノア、君の魔法を見せてくれない？」

先輩から後輩まで、さまざまな人がノアに話しかけてきた。そのたびにノアが返す答えがこれだ。

「知らん。死ね」

「一人で行け。豚が」

「お断りだ。ウジ虫が」

なんという口の悪さ。この美しい顔から出てくる言葉とは思えない。ノアにはすべての人間は馬か羊に見えているのかもしれない。どんな美辞麗句も、暴言も、同じように突き返してしまう。ふつうならそれで煙たがられたり、憎まれたりするものだが、家柄のおかげか、あるいは学年一番の能力のおかげか、いやおそらくはその美しさのおかげだろう、ノアがどれほどひどい暴言を吐いても、誰もノアを嫌いにならなかった。完璧な美しさを前にすると、人はひれ伏すものらしい。

「ノア、何でそんなに言い寄ってくる子に冷たいの？　少しは微笑みかけてあげればいいのに。そうしたら、何でもやってくれそうだろ？」

まだノアとつきあい始めて間もなかった頃、オスカーは素朴な疑問として尋ねてみた。当時オスカーとノアは同室で、二段ベッドの上と下でよく話していた。

「くだらない。お前はよくそう愛想よく振る舞えるな。本質は俺と同じくせに」

ノアにそう言われた時、オスカーは面食らった。誰にでも優しい自分と誰にでも冷たいノアの本質が同じだなんて、到底思えなかったのだ。

ローエン士官学校は魔法科があるというだけでなく、その優秀さでも国内でトップレベルを誇る士官学校だ。そのため、優れた学生が多かった。同学年だとレオン・エインズワースという金髪の男が目立っていた。理知的な顔立ちの生真面目な男で、水魔法の使い手だ。ノアとは馬が合わず、些細なことでしょっちゅう言い合いになっていた。だがノアが言い合いをするというのは、一目置いているに他ならない。レオンは規則にうるさく、曲がったことは大嫌いという面倒な男だったが、水魔法の能力は一級品だった。

彼以外にも目立つ男はいた。ジークフリート・ボールドウィンという土魔法の一族の男だ。怜《れい》悧《り》な顔立ちで、物静かだが、威圧感のある一つ上の先輩だ。同じ魔法クラブに所属していて、ノアは嫌っていたが、オスカーは嫌いではなかった。

ジークフリートの傍には精霊に似た何かがいる。

それが何なのか、彼は学校をやめて消息不明になってしまったため、分からないままだった。精霊に似た何かではあるが、どこか禍々しく、闇の気配をまとっていた。精霊が視えるという話は誰にもしていなかったので、ジークフリートの周囲にまとわりつく何かについて話し合える相手はおらず、ずっと一人で疑問を抱えたままだった。

「オスカー。お前、精霊が視えるのか」

ある日、ノアにそれを勘づかれて、ごまかすべきか話すべきか一瞬、悩んだ。精霊を視る者は少ないので、視えると知られたら、卒業と同時に強制的に軍の抱える魔法団に入れられてしまう。だからオスカーは入学試験時も、視えない振りをして試験をパスした。オスカーが精霊を視る目を持っていることは、家族だけの秘密だ。祖母も、オスカーが自分で将来を決める時が来るまで秘密にしておくと言ってくれた。

「まぁそんな感じ」

ノアにごまかしが通用するとは思えなかったので、オスカーは軽く流した。

「そうか。それで人を取捨選択してるんだな」

ノアに合点がいったように頷かれ、どきりとしてオスカーは息を止めた。今まで考えてもみなかったが、確かに自分の判断基準は精霊がいるかどうかになっている。好きになる者、友人になる者は例外なく精霊をまとっていた。

「言葉にされると、非人間的で嫌だなあ」

「そうか？　別にいいだろ。俺は視えないんだ。感じることはできるんだが……」

ノアは目ではなく、感覚的に精霊を捉えているようだった。

「ノアはまともに話す相手と、どうでもいい相手って、どうやって区別してるの？」

ふと疑問を抱いて聞くと、ノアは少し考えた後にこう言った。

「感覚。目を見ると、人間か害虫に分かれる」

思わず吹き出してしまった。適当にあしらっている相手は馬か羊に見えているのだろうと思っていたが、まさか害虫とは。いくら何でもひどすぎる。

「それで人を好きになれるわけ？」

笑いながら言うと、ノアは侮蔑するように眉を顰《ひそ》めた。

「――人に興味を抱くのは難しい」

ノアの口からこぼれた言葉は、オスカーの心に突き刺さった。ノアの本音だと確信したからだ。この、人に興味さえ抱けない男が好きになる相手が現れるとすれば、どんな人だろうとひどく興味をそそられた。ノア以上に綺麗な人間などなかなかいない。

ノアはセント・ジョーンズ家の本家の次男で、幼い頃に母親を亡くしている。何不自由なく育てられただろうし、兄弟仲も悪くないと聞いている。それが、どうしてこんなふうに人嫌いになったのか、不思議でならなかった。ノアに聞くと、生まれた時からこうだったという答えが返ってきた。

オスカーから見ると、ノアとジークフリートは似たような空気をまとっていた。どちらも人の上に立つ要素を兼ね備えていて、他人を信頼せず、独自の価値観を持っている。

(同族嫌悪ってやつかね)

オスカーはそんなふうに二人を見ていた。


ノアが好きになるのはどんな人だろうと気になっていたが、ローエン士官学校三年目の新学期にそれは判明した。

お相手は色素の薄い小さな男の子で、十八歳とは思えないほど童顔の新入生だった。お世辞にも弁が立つタイプではなく、毒舌で頭の回転が速いノアと釣り合うとは思えなかった。魔法石を感じるとか、気になる場所に必ずいるとか、ノアはいろいろ言っていたけれど、要するに一目惚れというやつだと思う。ノアが他人に執心するのを初めて見た。

マホロという名前の彼には、精霊が憑いていた。とても綺麗な光が彼の周囲を舞っていて、ノアが気にしている子でなければ、手を出したかもしれない。

マホロとノアが一緒にいるのをよく見るようになって、オスカーはそのうちマホロからも精霊が消えるだろうと考えていた。自分の恋する相手から精霊が消えたように、マホロもいずれ変わってしまうのだろうと。

けれど、マホロから精霊が消えることはなかった。それどころか、まるで精霊から愛された子どものように、光がマホロの傍に集まっていく。

自分とノア、何が違うのだろう。

どうしてマホロは変わることなく煌めいているのだろう。

オスカーには分からない。小さな問いが抜けない棘《とげ》のように、深く心の奥に突き刺さった。

2 ギフト

寝返りを打とうとして、背後に人がいるのに気づき、マホロは目を覚ました。

長い腕が上半身にのっていて、男に抱き込まれるような体勢で寝ている。キングサイズのベッドの上で、マホロは裸で、絡みついている男も裸だった。

(うう……っ、な、慣れない……)

ノア・セント・ジョーンズの長いブルネットの髪が肩にかかって、くすぐったい。そろりと後ろに顔を向けると、美しく整った顔が目に入る。今は閉じられている瞳は澄んだ海の色をしていて、薄い唇からは美しい顔とは真逆な辛辣《しんらつ》な言葉が飛び出してくる。引き締まった肉体に抱き込まれ、マホロの頼りない貧弱な身体がいっそう目立つ。

昨夜は――というか、ここずっと夜はノアの部屋で一緒に寝ている。最初は自分に与えられた客間で寝ようとするし、ちゃんと寝間着も着ているのだが、就寝間際になるとノアに腕を引っ張られ、ノアの寝室に連れ込まれる。初めて愛された夜は一応気を遣ってくれたノアだが、二度目の夜からはノアのペースで進んでいる。ベッドに入ってあちこちキスされているうちに、たいてい寝間着を剝ぎ取られる。

ノアはマホロの身体にキスをするのが好きだ。白くて柔らかいと言って、ありとあらゆるところに唇を滑らせる。噛まれたり鬱血《うっけつ》した痕を残されたり、舐《な》めて揉まれて吸われる。自分が食べ物にでもなったみたいな気持ちになる。

ノアはマホロを好きだというが、マホロはまだその気持ちに応《こた》えられていない。ノアのことは嫌いではないし、恩義も感じている。ノアが求めるなら抱かれてもいいな、というくらいの好意はあるのだが、この屋敷に来てから毎晩のように身体中弄《いじ》りまくられると、ノアの執着についていけない部分があるのを自覚した。

「ひえっ」

ノアの腕から逃れようとしてそっと動きだすと、ノアの手が股間に伸びて性器を握られる。

「起きたのか……」

眠そうにあくびをしながら性器を揉まれて、マホロは身体を丸めた。ノアは自分の身体を弄るみたいにマホロの身体に触れてくる。今も半分寝ぼけながらマホロの性器を握っている。

「あのぅ……、変なとこ触らないでもらいたいのですが……」

ノアの手で性器を揉まれていると、自然に気持ちよくなってしまい、これではいけないとノアの手を払いのける。起きて顔を洗って着替えをしたいのに、ノアはマホロのうなじに音を立ててキスをする。

「変なとこって？　ああ、そうだ。こっちだったな」

ノアの声がからかうような響きを持ち、手が尻に回る。そのまま昨夜散々愛撫された尻の穴に指が入ってきて、マホロは息を詰めた。

「ノア先輩、あの、朝から……そういうのは……」

このままだといつものように流されてしまうので、マホロはベッドから逃げだそうとした。するとノアの手が腰に回り、逆に抱き寄せられる。

「ここ、だいぶ気持ちよくなってきただろ？　俺が毎日馴らしてやってるから」

長い指がマホロの内部に潜り込んでくる。ノアの指がくの字に曲がって、内壁のふっくらした部分を擦り始める。そうされるともう駄目で、マホロは再びシーツの上で身体を丸めた。指で内部の感じる場所を探られ、息が乱れる。二本の指で押すように擦られ、性器が勃《た》ち上《あ》がってしまう。

「ノア……せん、ぱ……ぃ。や、だ……」

昨夜もずっとそこを攻められて、何度も吐精した。お尻がこんなに感じるなんて、ノアとこういう関係になるまで知らなかった。指で突かれるとすぐに勃起《ぼっき》するし、変な声が出るし、全身が熱くなる。

「嫌じゃないだろ。気持ちいいって言え」

ノアは意地悪するようにマホロの耳朶《みみたぶ》を噛んで言う。ノアの長い指は尻の奥を掻き乱す。ぬるりとする液体を昨夜たくさん注がれたせいか、ノアが指を動かすたびに濡れた卑猥《ひわい》な音が耳をくすぐる。

「や、ぁ……。あ……っ、あ……っ」

ノアの指の動きが速くなって、甘い声が漏れてしまう。ノアはマホロの耳朶のふっくらした部分を引っ張り、ちりりとした疼《うず》くような痛みを与えてくる。

「こっちもよくなってきたな」

ノアがマホロの乳首を指先で弾く。甘い疼きが胸からも浸透してきて、マホロはもじもじと腰を揺らした。最初は何も感じなかったのに、ノアが乳首を執拗《しつよう》に触るから快感を得るようになってしまった。

「はぁ……、はぁ……、あぁ……」

マホロは紅潮した頬をシーツに押しつけ、びくびくと腰を蠢《うごめ》かせた。内壁の感じる場所を、ぐっと押され、思わず仰《の》け反《ぞ》ってしまう。背後にいたノアの肩にぶつかり、顎《あご》を捉えられた。

「ん」

ノアがマホロの唇を吸う。無理やりこじ開けた口の中に指と舌を入れ、マホロの歯列や下顎を撫でる。唾液があふれて嫌だと思うと、ノアはそれすらも吸い取って、マホロの口の中を犯す。

「ひ、は……っ、あ……っ、はぁ……」

音を立てて濃厚なキスをされ、しだいに頭がぼうっとしてくる。身体を密着させると、ノアの腰の高ぶりが身体に当たった。ノアは性器をマホロの太もも辺りに擦りつけてくる。

「はぁ……、お前の中に入れたいな。繋がりたい」

マホロの額やこめかみを舐めながら、ノアが呟く。マホロはドキドキして、身体をすくませた。毎晩のようにお尻を弄られ、そこが性感帯だと教え込まれた。ノアの大きくて長くて太いものが

身体の中に入ってきたら、どうなってしまうのだろう？　想像しただけで身体の芯が熱を帯びる。

この屋敷に来て最初の夜、ノアはマホロと繋がろうとした。けれど指は入れられても、ノアの一物を入れることは叶わなかった。マホロには防御壁の魔法がかけられていて、ノアと真の意味で結ばれるのを阻止したのだ。ノアはジークフリートの仕業に違いないと言っていたが……。

「ノア先輩……、も、もうイきたい……です」

お尻や乳首を弄られているうちに、熱が高まってきて、マホロは喘《あえ》ぐように訴えた。マホロの性器は先走りの汁を垂らしていて、触ってほしくて震えている。マホロが自分で触ろうとするとノアが怒るので、恥ずかしさを堪《こら》えて囁《ささや》いた。

「まだ駄目。尻でイけるようにしてるから」

ノアは涙目になったマホロの胸を揉みながら、恐ろしい台詞《せりふ》を吐く。

「し、尻、で……？　とは……？」

意味が分からなくて、マホロはひくりと腰を揺らした。ノアの指が内部の感じる場所を重点的に攻めている。ぐちゃぐちゃという濡れた音がして、下腹部に熱が溜まる。

「女の子みたいに、中でイくって意味だ。ほら、乳首も刺激してやるから。感じるんだろう？　ここ。こうやって引っ張ると、びくびくする」

ノアの手が乳首を引っ張ってコリコリと擦る。とたんに銜《くわ》え込《こ》んだノアの指を締めつけてしまい、マホロは羞恥《しゅうち》で真っ赤になった。

「うう……無理、です。やだ、もう出したい……。前、触って……」

肝心の性器を扱《しご》いてもらえず、マホロは苦しげに喘いだ。ノアはその姿に欲情するのか、熱い息をマホロの耳に吹きかける。

「可愛いな。イきたくて悶《もだ》えてるお前は本当に可愛いよ。サディズムを刺激される。お前といると新しい自分を知るな」

ノアは愉悦を滲《にじ》ませた表情を浮かべて、上半身を起こした。毛布が撥《は》ねのけられ、マホロをうつ伏せにして尻だけを高く掲げさせる。

「ひああ……っ」

広げた尻の穴にノアが舌を潜り込ませてきて、マホロはびっくりして変な声を上げた。ノアは構わずにマホロの尻を揉みながら、内壁に舌を這わせる。

「そ、……なとこ、き、汚い……」

「舌は入れても大丈夫みたいだな。こら、逃げるな」

マホロが腰を引こうとすると、ノアはがっちりと腕で固定して尻を舐め回す。舌が尻の中に潜り込んでくると、ぞくぞくした寒気のようなものを感じて背筋が震える。嫌だ、気持ち悪いと思っているのに、性器は張り詰め、シーツを先走りの汁でしとどに濡らしている。

「やぁ……っ、あ、あ……っ、やだ、ぁ……っ」

必死にもがいても、ノアは尻の奥を舌で刺激し続ける。泣きながらやめてほしいと訴えたが、ノアはまったく聞いてくれず、延々とそこを指と舌で弄り倒された。

「ひ、あ、あああ……っ」

股のつけ根や太ももを撫で回され、内部を指で擦り続けられる。頭がぼうっとして、喘ぐ声もかすれてきた。行き場のない快楽がどんどん腰に溜まってきて、本当に性器を擦らなくても達してしまうかもしれないと怖くなった。

——ノックの音が部屋に響く。マホロはハッとして、口元を手で押さえた。

「ノア様、そろそろお目覚め下さい。朝食の準備が整っております」

ドア越しにテオの声がする。テオはノアの目付け役で、ローエン士官学校の学生でもある、二十一歳の眼鏡をかけた青年だ。マホロは自分のあられもない声を聞かれただろうかと、硬直した。

「ちっ。時間か。もう少しねばれれば、中でイけそうだったのに」

テオの声で諦《あきら》めたのか、ようやっとノアが尻から指を抜いてくれた。マホロはほうっと息をこぼして、シーツに横になった。危なかった。テオがノックしてくれなかったら、未知の領域に突入していた。

ぐったりしているマホロを仰向けにすると、ノアが身体を重ねてくる。ノアはマホロの性器と自分の性器をひとまとめにして、強い力で扱き始める。

「ひ、ああ、あ……っ!!」

溜まっていた快楽を一気に解き放たれて、マホロは甲高い声を上げて射精した。射精しているそばから擦り上げられて、悲鳴じみた声を上げながらシーツを乱す。遅れてノアも精液を吐き出し、二人分の精液をマホロの腹に飛ばす。

「気持ちよかったな。身体を洗って、朝食にしよう」

出してすっきりしたのか、ノアがあっさり身体を起こす。マホロはまだぼうっとしていて、ノアに濡れた布で汚れた場所を拭《ふ》き取《と》られても動けずにいた。甘い疼きがずっと腹の底に残っていて、内部を刺激されると全身が気怠《けだる》くなってしまうのだ。

「ほら、抱いてやるから」

ノアが笑いながらマホロの身体を抱き上げる。同じ男なのに軽々と横抱きにされて、マホロは慌てて「歩けます」と身を縮めた。けれど、そのまま部屋と繋がっている浴室に連れ込まれて、熱い湯を張った浴槽に入れられた。

ノアは情事の後、いつも丹念にマホロの身体を洗う。マホロの身体に触れるのが本当に好きみたいだ。丁寧にじっくり洗われていると、どうしていいか分からなくて毎回困る。自分でやると言っても断られるし、こんなふうに全身を愛されると、自分をノアの所有物のように感じてしまう。

マホロは自分の足首に嵌《は》められた銀色の金属の輪っかを見つめた。それはマホロの居場所を軍に知らせる発信機を埋め込んだ魔法具だ。

自分はこんな扱いを受けるような人間ではないのに。ふと重苦しい気持ちに囚われたのをごまかすように、マホロは濡れた前髪を搔き上げた。

マホロは今、五名家の一つであるセント・ジョーンズ家の世話になっている。セント・ジョーンズは火魔法を操る一族の名前で、デュランド王国には火魔法以外に水魔法、風魔法、土魔法、雷魔法を操る一族が存在する。

周囲を大国に囲まれたデュランド王国がこれまで他国から侵略されなかった理由は、この国に伝わる魔法の力が大きい。世界でも魔法を使えるのはデュランド王国の五名家のみで、王族さえその能力を保有していない。ただし、王族には王族にだけ伝わる、とある特別な力が存在し、その力で王国を維持していると言われている。現在は御年七十のヴィクトリア女王が統治しているが、実権を握っているのは軍だと言われている。

三百年前には五名家同士の権力闘争が起こり、国を五分割する危機があった。その時にどこからか現れたのが闇魔法の一族だ。魔法を使える一族が他にもいたことに、五名家は驚いた。闇魔法の一族は内乱で混乱しているデュランド王国を我が物にしようと、あらゆる非道な手を使い人々を苦しめた。闇魔法は基本的に人を殺すための魔法が多く、国は荒廃し、いつ他国に侵略されてもおかしくない状態に陥《おちい》った。

国が傾いてようやく五名家も目を覚まし、互いに過去の遺恨を水に流し、和解する決意をした。五名家は手を組み、闇魔法の一族を根絶やしにした。闇魔法の一族を退《しりぞ》けると、五名家は再び内乱が起こらないよう、条約を結んだり、婚姻関係を作ったりして、関係の修復にいそしんだ。その努力のうちの一つが、クリムゾン島にあるローエン士官学校の創設だった。

この国に生まれた者は十八歳になると士官学校に通うことを義務づけられている。百年前に創設されたローエン士官学校は、五名家のための学校といっていいだろう。五名家の良好な関係を保つため、若いうちから知り合いになって諍《いさか》いをなくそうという目的があった。だからこそ五名家の貴族で魔法回路を持つ者は必ずローエン士官学校に入学しなくてはならなかった。魔法石を利用して一族以外の魔法も習うという狙いもあった。

当初は五名家の血族のための士官学校だったが、時が流れるにつれ、一族から流出した一族以外の魔法回路を持つ者を漏らすことなく集める、デュランド王国唯一の魔法を学ぶための士官学校へと変わった。

マホロは孤児院にいたのだが、ある日、土魔法を操るボールドウィン家のサミュエル・ボールドウィンが現れ、同じ一族の血筋だと言ってマホロを引き取った。マホロはサミュエルの息子であるジークフリートの話し相手にと望まれたのだ。

三歳上のジークフリートは独特な空気をまとっていて、人を威圧し、生まれながらに人の上に君臨する性質だった。一度聞いた話は忘れないし、教師も舌を巻くほど優秀だった。使用人や教師、両親に対してさえほとんど情を見せないジークフリートだが、マホロに対しては執心を見せることがあった。マホロに悪さをするような輩《やから》には残酷な仕打ちをするし、マホロが勝手な行動をとると不機嫌になった。同じ血筋といっても、ジークフリートの召使いも同然だったので、マホロは逆らうような真似はしなかった。マホロにとってジークフリートの言うことは正しく、絶対だったからだ。

そのジークフリートが十八歳になった時、ローエン士官学校へ入学した。ローエン士官学校は全寮制で、夏季休暇と冬季休暇以外は帰省できない決まりがある。

そのジークフリートが、三年生の時、学校に退学届を出して失踪した。何らかの理由で退学になった学生はこれまでにも何名かいたが、自ら退学した学生はジークフリートが初めてと言われている。

本土との唯一の連絡船を使って島から出た記録も残っていた。けれどジークフリートは屋敷には戻らず、その後の足取りもようとして知れなかった。ローエン士官学校を退学するということは、現体制に逆らうも同然なので、退学になった学生、あるいは退学した学生は軍の監視下に置かれることになっている。にもかかわらず、ジークフリートは失踪してしまったため、屋敷には何度も軍関係者がジークフリートを匿《かくま》っていないか捜しに来た。

息子を心配したサミュエルから、ローエン士官学校に入って、ジークフリートが失踪した原因と手がかりを探すように言われた。もともとボールドウィン家の一員として入学試験を受ける予定だったので、マホロはそれに頷いた。マホロ自身、ジークフリートの行方がひどく心配だった。

そして、八月の終わり、マホロはクリムゾン島に渡った。

ローエン士官学校では体術や剣術、一般教養の他に魔法を学ぶ。マホロは魔法回路を持っていたため入学できたが、それ以外はからきしで、何をやってもいまいちという体《てい》たらくだった。そんなマホロが出会ったのが、ノア・セント・ジョーンズという学校で一番優秀な学生だ。ノアは見る者をハッとさせるほどの美麗な容姿の持ち主で、すらりとした肢体に長く美しいブルネットの髪を肩に垂らしていた。外見は神のごとく美しい青年だが、口を開くと毒を吐く一風変わった人でもあった。

ノアは入学式の時からマホロに目をつけて、最初は魔法石を隠し持っているだろうと疑ってきた。魔法石とは魔法を発動するために必要な石で、魔法石を使えば、五名家の血筋を引く者なら、自分の属する一族以外の魔法も扱えるようになる。ノア曰く、マホロからは魔法石の気配を感じるという。最初のうちは、どこにいても自分を見つけてしまう怖い先輩だと思っていた。

そんなある日、あの事件が起きた。

反乱を起こした一派がクリムゾン島に侵入し、湖にひそかに隠されていた大量の魔法石を奪おうとしたのだ。恐ろしいことに、反乱軍を率いていたのは敬愛するジークフリートだった。ジークフリートは自らを闇魔法の一族ヴァレンティノだと名乗った。ずっと信じていたジークフリートの正体は、闇魔法を操る恐ろしい人物だったのだ。

ジークフリートは大量の兵士を殺戮《さつりく》し、魔法石を奪って逃げようとした。その事件が起きて初めて、マホロは自分の身体に特別な石が埋め込まれていて、魔法の威力を増幅させる役目を負っていたと知った。マホロの傍で魔法を使うと、何十倍にも威力が増すのだ。目の前で楽しげに人を殺すジークフリートに、マホロは大きな衝撃を受けた。このままでは無関係の学生にまで被害が及ぶと察した時、マホロはジークフリートから逃げ出した。

かろうじてジークフリートからは逃れたマホロだったが、反乱に加担したのではないかと疑われ軍に囚われたため、しばらく不自由な生活を送っていた。

そこから救い出してくれたのが、ノアだ。

ノアは父親が軍のトップということもあるが、軍の施設が再びジークフリートの仲間に急襲され、軍ではマホロを守れないという事態が起きたため、マホロを預かると名乗り出た。マホロは当面、セント・ジョーンズ家の屋敷に預けられることになった。足首には魔法具である輪っかが嵌められている。これには発信機が埋め込まれており、マホロがどこへ逃げようと場所が分かる仕組みになっている。

そういう経緯があって、一時的だが、マホロは今、ノアの屋敷に世話になっている。ノアはマホロを好いている。マホロのどこがいいのか理解不能だが、白くて可愛いと公言して毎晩マホロをベッドに引きずり込む。といっても、最後の一線は越えられずにいた。マホロと繋がろうとすると魔法壁が発動し、繋がることを妨げられるのだ。

それでもマホロへの気持ちが揺らぐことはなく、ノアは今日も朝からマホロを可愛がっていた。今は一月上旬で、ノアが入寮しているローエン士官学校は冬季休暇中だ。

「ノア先輩……お願いですから痕をつけないで下さい」

用意されたシルクのシャツを着込みながら、マホロは鏡の中の自分から目を逸らした。首筋や鎖骨、二の腕や太ももに、ノアに愛された証《あかし》がいくつも残っている。生まれつき色素の薄いマホロはそういった痕がすごく目立つ。

「あと、髪を染めたいんですけど……」

鏡の中の自分の髪は真っ白で、嫌でも目を引いてしまう。学校では金髪に染めていたので今ほど目立たなかったのだが。

「は？　何を言っている？　俺はお前の白さを愛している。染めるなど言語道断。キスマークはシャツで隠せるだろう？」

黒いシャツにグレーのベストを着込んだノアが、唇の端を吊り上げて言った。ノアと向かい合うと、見上げないと話ができない。百五十センチしかないマホロは、百九十センチあるノアと並ぶとまるで大人と子どもだ。

ふと足元でクーンと鳴き声がした。マホロの足にくっつくようにして白いチワワが見上げている。校長から渡された使い魔で、マホロと血の契約を交わしたため、行動を共にしている。名前はアルビオン。〝白い〟という意味だ。

「何でこいつ、ずっといるんだ？　使い魔ならしまえるだろう？」

ノアがうさん臭そうに白いチワワを見下ろす。

「俺、しまい方分からないです……。校長も常に出しておけって」

マホロがアルビオンを抱き上げて言うと、ノアがふーんと眉を寄せた。アルビオンはマホロの腕に抱かれ、尻尾《しっぽ》を振っている。使い魔は食事も排泄《はいせつ》もしない。その代わり時々主人の生気を吸う。

ローエン士官学校では三年生になると全員使い魔を持つ。マホロはまだ一年生だが、うかつに魔法が暴走しないよう、校長から監視役としてアルビオンを託された。使い魔にはいろいろな動物がいるらしいが、ローエン士官学校の学生の使い魔は、主人に忠実という理由で犬に限定されている。

「オスカーが来ているらしい。あいつにお前の肌を見せるのはもったいない」

ノアはそう言ってマホロの首にスカーフを巻く。長い指先で器用に巻かれ、マホロは目を丸くした。オスカー・ラザフォードは五名家のひとつ、風魔法を操るラザフォード家の直系で、ノアの友人だ。

「仲いいですよね」

親友というものだろうかとマホロが笑顔になると、侮蔑した笑みが戻ってくる。

「別によくない。たまたま一緒にいるだけだ」

マホロのスカーフを整え、ノアが屈み込んで軽くキスをする。何度もされているので、こういう口づけにも慣れてしまった。これでいいのかと思うが、ノアの美しい顔が近づくと、拒絶できない。

「そう……なんですか？」

部屋を出て廊下を歩きながら、マホロは首をかしげた。アルビオンを下ろすと、ちょこちょことついてくる。

「でもノア先輩がまともにしゃべっている数少ない人じゃないですか？」

ノアは学校でも対人関係に重きを置いていなくて、ほとんどの相手にぞんざいな態度しかとらない。だがオスカーとはいつも一緒にいるし、気が合うのだと思っていた。

「そうだな。奴は人間に見える。それだけだ」

意味の分からない発言をして、ノアが靴音を響かせる。人間に見えるということは、人間に見えない人もいるという意味だろうか。こんなに美しい容姿を持っていて、勉強も魔法も一流で、おまけに五名家の直系の子息で、小さい頃から人気者だったはずなのに、ノアは人嫌いだ。

「あいつはラザフォード家の人間だ。覚えておけ、血筋の異なる一族と真に仲良くなることなどない」

冷徹な言葉がノアの口から出て、マホロは困惑した。

「そ、そんな……。血筋ってそんなに重要なんですか？」

ノアの人嫌いは知っているが、血筋でそれほど変わるなんて、納得がいかなかった。

「血筋がすべてといっても過言ではない。あいつは風魔法を操る一族だ。あいつの心は風そのもの。信用するなよ、すべてにおいて気まぐれ、理解なんてできない」

ノアは淡々と友人を評する。オスカーとは何度か話したことはあるが、明るくて優しい先輩というイメージだ。ノアはひねくれた見方をするんだなぁとマホロは内心思った。

「でもそれでいうと、俺も違う血筋だと思いますが……」

マホロが小声で突っ込むと、ノアが初めて気づいたように眉を上げた。

「そういえばそうだったな。お前は……まぁ例外だな。光魔法の一族かもしれないと校長が言っていたっけ……」

ノアが遠い目をして呟く。光魔法の一族——マホロは今はまだそれについて考えたくなくて、黙り込んだ。

食堂に顔を出すと、話題のオスカーがパンを口に運んでいた。ノアとマホロの顔を見て、にっこり笑う。

「ずいぶん遅い朝食だね。朝からお楽しみ?」

オスカーは明るい茶色の髪に青い瞳の陽気な青年だ。口元にいつも微笑みを浮かべていて、優しそうな目元に通った鼻筋をしている。かなりモテる人で、手が早いともっぱらの噂だった。今日はストライプシャツに、上質なジャケットを羽織っている。

「オスカー先輩、こんにちは」

マホロが挨拶すると、オスカーが立ち上がって、マホロの頬にキスをする。

「マホロ、今日も可愛いね。ノアのお相手じゃなけりゃ、アタックするんだけど」

冗談とも本気ともつかない口調で口説き、マホロを見つめる。

「誰が触れていいと言った? マホロ、こいつのキスは受けるな」

ノアがいらっとした様子でオスカーのすねを蹴る。いたた、と悲鳴を上げ、オスカーがマホロから離れた。マホロは苦笑してオスカーの向かいの席に腰を下ろした。ノアがマホロの斜め向かいの主人が座る席につき、使用人が籠に入ったクロワッサンを運んでくる。

「オスカー先輩は、今日は遊びに来たんですか?」

マホロは気になって横を向いた。朝食はベーコンにマッシュポテト、オムレツ、豆の料理が運ばれてきた。使用人が持ってくる大皿から、自分の皿に必要な分だけ取り分ける。オスカーはノアの家の料理長を気に入っていて、料理に舌鼓を打っている。

「ノアにいろいろ聞きたくてね。ほら、先日校長が来て話してただろ。ギフト、とか」

オスカーが目を細めて言う。ふと食堂の空気がぴりついて、マホロは戸惑った。ノアの目つきが鋭くなっていて、まるで憎しみを抱いているかのようにオスカーを睨《にら》みつける。

「校長はギフトの話はしていない。どこで聞いた?」

ノアの声音が冷たくなって、マホロは二人の間に挟まれて一気に緊張した。ギフト――前にノアのオリジナル魔法というものを見た際、ノアから聞かされた話を思い出す。ノアは父親に連れられていった先で、ギフトと呼ばれる異能力を授かった。それについては校長も何か知っている様子だったが、確かにギフトとは言わなかった。

「はは。おっかない顔。はっきりとは口にしていなかったけど、あれってギフトの話だっただろう? 獣化魔法を使う奴の話のことだけど」

オスカーはノアの冷ややかな視線を気にした様子もなく、笑みすら浮かべている。獣化魔法を使う男が、ジークフリートと手を組んでいると校長は言った。マホロはノアの反応が恐ろしくて、自然と上目遣いになった。ノアは先ほどオスカーを信用するなと言っていた。この二人は本当は仲がいいわけではないのだと思うと悲しくなった。

「俺のグランマが昔、話してくれてね。クリムゾン島にはギフトを与える特殊な人がいるって。伝説みたいなものだと思ってたけど、実際ギフトをもらっている人がいるなら、現実の話ってことだろ? それに――前から聞きたかったけど、ノアは何か隠し球、持ってるよね?」

クロワッサンを口に運びながら、オスカーが声を潜めて言う。

言い争いになるのではないかとマホロはノアを窺《うかが》ったが、案に反して張り詰めていた空気がふっと消えた。攻撃的な気配を消し、ノアは執事の淹《い》れた紅茶を口にする。

「そうだな。お前とは同室だったし、勘のいいお前が気づかないはずないよな」

ノアはあっさりと認めた。ローエン士官学校でノアとオスカーは今でこそ個室を与えられているが、かつて同室だったことがある。気が知れているのだろう。

「確かに俺はクリムゾン島でギフトをもらった。オリジナル魔法を持っている。学校内では一度も使ったことはないが」

「やっぱり！」

オスカーが身を乗り出して、興奮した声を上げる。

「これでも一応気を遣ってたんだぜ？　ノアってそういう微妙な部分に触れると、怖いから。なのにマホロがいるとずいぶん弛くなるんだよなあ。それで？　どんなオリジナル魔法をもらったんだ？　儀式とかあったのか？　クリムゾン島のどこにそのギフトをくれる人がいるの？」

オスカーは目を輝かせて、質問責めにする。すごく興味があるようだ。ギフトについてはマホロもよく知らないので、興味を引かれてノアを注視した。

「お前、まさか……欲しいのか？　ギフトが？」

優雅な手つきでマッシュポテトを口に運びながら、ノアが呆れたように聞く。

「欲しいに決まってる。オリジナル魔法なんだろう？　そういう特別感、たまらないね」

オスカーはすっかりその気だ。

「馬鹿だな。ギフトはそんな気軽なものじゃない。そもそも俺は欲しくなんかなかった。あのクソ親父《おやじ》が勝手に俺を連れていって……いや」

忌々しい記憶が蘇ったのか、ノアは顔を顰《しか》める。

「ギフトは誰でももらえるわけじゃない。司祭が選んだ相手だけで、しかもギフトをもらうと代わりにその人の大切なものを奪われるんだ」

ノアは諭すようにオスカーに告げた。

「大切なもの……？　誰でもってわけじゃないのか。でも選ばれる自信はあるよ。ノアは何か大切なものを失ったのか？　だからそれに関して口が重い？」

オスカーはかすかに怯《ひる》んだようだが、なおも言い募った。選ばれる自信があるというところが五名家の直系の貴族らしいとマホロは感心した。これがマホロだったら無理に違いないとすぐ諦める。それに大切なものを奪われるなんて嫌だ。

「俺は……母親を失った」

感情をわざと抑えた口調でノアが言った。マホロはフォークを動かす手を止めた。ノアは一見冷静に見えるが、ひどく心を痛めているのが伝わってきたのだ。

「人の命を奪うっていうのか？」

さすがのオスカーも、戸惑いを見せる。

「その時々で変わるらしいが……俺の場合は母親が同時に亡くなった。ギフトなんていいものじゃない。呪いだよ。悪魔からのプレゼントさ」

ノアは吐き捨てるように言った。

その後はオスカーがどんな魔法なんだと聞いても、ノアは何も答えなかった。以前、敵であるマリーから助けられた際、マホロはノアのオリジナル魔法を見た。《空間関与》という能力で、空間を切り取ったり、範囲内にある銃などの無機物を圧縮できたりするらしい。マホロには気軽に教えてくれたように思えたが、オスカーには言いたくないようだ。

「秘密主義だなあ。ところで今日は校長が来るんだろう？」

オスカーは口の堅いノアに辟易《へきえき》した様子で肩をすくめる。

「よく知っているな。お前、うちのメイドを落としたのか？　情報通すぎる」

ノアが気に食わないと言いたげに睨んだ。一週間前にザック、オスカーやレオンがこの屋敷に来た時、校長もやってきて話をした。今日も来るとは知らなかった。

「彼女を叱らないでやってよ。とてもチャーミングな女性だ」

オスカーはご機嫌だ。この屋敷のメイドは中年女性しかいなかったはずだが……。

「マホロのこれからについて話すんだろう？　ぜひ俺も同席したいね」

オスカーがマホロにウインクして言う。ノアが苛立つのを楽しむような、オスカーの笑い声が食堂に響いた。


遅い朝食を終える頃、執事のアランが静かにノアに歩み寄って何事か耳打ちした。白髪《はくはつ》の執事は背筋のすっと伸びた六十代後半の男性だ。何か嫌な報告だったのだろう。ノアが舌打ちする。

「校長が来たのかい」

オスカーは紅茶の香りを楽しみながら聞く。

「いや、呼んでないのに親父が来た」

ノアは仏頂面《ぶっちょうづら》だ。時おり口にする父親に対する憎悪は強く、母親が死んだ原因が父親にあると思っているのだろうかと気になった。ノアはナプキンで口を拭き、椅子から立ち上がる。

「マホロ、一緒に来い。お前に会いたいそうだ」

ノアに手を差し出され、マホロは焦って腰を浮かした。

ノアの父親はマホロに会いに来たらしい。大事な息子が軍の監視下に置かれている人間を匿っているのだから当然といえば当然だ。軍のトップだというし、息子であるノアに近づくなと怒られるのだろうか。急に不安になって、マホロはうなだれた。ノアの好意で世話になっているが、マホロの存在は危険なものだ。ジークフリートはマホロを奪い返すために軍の施設を部下に急襲させ、破壊した。ここだっていつ何時、襲撃があるかもしれないのだ。

オスカーを食堂に残し、マホロはノアに連れられて一階の応接室に向かった。一階には父親の護衛なのか、軍服を着た男が数名整列していた。皆、帯剣し、銃もホルダーに入れて腰に下げている。彼らはノアが前を通ると一様に敬礼した。ノアは一瞥《いちべつ》もせず応接室へ入っていく。

「何しに来た、クソ親父が」

部屋に入るなり、ノアが不機嫌な声を上げる。窓際に背の高い男性が立っていた。

応接室は朱色に金の刺繡《ししゅう》が施された壁紙に、赤々と火を燃やす暖炉《だんろ》があり、高級そうなソファー、重厚なテーブルが置かれている。壁には大小さまざまな絵画が飾られていて、作りつけの棚にはガラス製品が並んでいる。

ノアの父親は切れ長の目をした五十代くらいのブルネットの男性だった。軍服にはいくつもの勲章が飾られていて、体躯《たいく》も立派で、何よりも人を威圧する眼力をしていた。目元はノアに似ているが、それ以外はあまり似ていない。どちらかというといかめしい顔つきだ。

「問題の彼に会いに。息子の家に匿っているのだから、私が確認せねばならないだろう」

ノアの父親はノアのぶしつけな態度に動じた様子もなくマホロを見下ろした。鋭い眼光で頭のてっぺんから足の爪先まで確認され、呼吸するのも忘れて背筋を伸ばした。

「君がマホロか。私はセオドア・セント・ジョーンズ」

セオドアはマホロの前に進み出て、手を差し出す。マホロは気後《きおく》れしながらその手を握った。大きな手で強く握りしめられ、おそるおそる見上げる。ノアと同じ青い瞳が値踏みするようにマホロを見ている。

「ジークフリート・ボールドウィンは未《いま》だ捕まっていない。足取りも摑めていない。クリムゾン島からどのようにして逃げ去ったかについて、君は何か心当たりはないか？」

淡々と問われ、マホロは目を見開いた。

「わ、分かりません……。竜を使って、とか？」

あの事件の際、空には竜が数頭飛んでいた。

「竜か……。襲撃の日から三日ほど島を包囲していたが、竜の姿も船も見当たらなかった。ジークフリート一派は忽然《こつぜん》と島から消えたとしか考えられない、という報告が上がってきている。彼らには秘密のルートがあるようだ」

「マホロはずっと俺と一緒だった。あいつらの逃走ルートなど知りようがない」

セオドアの発言に割って入ったのはノアだった。ノアはマホロを庇うように抱き寄せ、じろりと父親を睨みつける。

「我が息子は君にご執心のようだ」

セオドアは苦笑してマホロを見やる。どう答えればいいのか分からず、マホロはおろおろしてノアとセオドアを交互に見た。

「君の立場は極めて微妙と言わざるを得ない。現時点においては息子の屋敷に滞在することを許そう。襲撃に関しては息子の魔法は役に立つ。だが、軍の要求があったらすみやかに応じてほしい。いいね？」

セオドアに確認され、マホロはこくりと頷いた。マホロの肩を抱くノアの手に力がこもった。ノアは燃えるような瞳で父親を威嚇《いかく》している。実の親子だというのに、ノアにもセオドアにも、家族らしい温かみは存在しなかった。とはいえ、セオドアは父親として息子の傍に自分のような得体の知れない者がいる点について、快く思っていないだろう。そう思うといたたまれない気持ちになる。

「今日はダイアナが来るのだろう。待たせてもらうぞ」

セオドアはソファーに腰を下ろし、葉巻を取り出した。ノアはわずかに面食らったように眉を顰《ひそ》めた。

「ご自由に」

ノアはマホロの手をとって、部屋を出ていく。廊下に出ると、マホロは溜めていた息を吐き出した。ノアの父親は気楽に会える人ではないようだ。緊張が解けて背中が丸まる。

「おかしい。てっきりお前との関係について嫌味を言われると思っていたのに」

ノアは不審げにドアを振り返り、吐き捨てる。マホロに対するノアの態度は明らかに友人の域を越えていたし、使用人や執事から様子を聞いているはずだ。マホロもノアに近づくなと言われると思っていたので、何も言われなかったのは意外だった。

「あのぅ、今さらなんですが、ノア先輩には婚約者とかいないんですか？　俺みたいなのと関係していると傷つく人がいるんじゃ……」

廊下を歩きながら、マホロはふと気になって尋ねた。ノアとは何度も淫らな行為をした。恋人面をするつもりは毛頭ないが、ノアに親の決めた婚約者がいるなら、こういう関係はよくないのでは？　五名家の貴族は早々に結婚相手を決めると聞く。

「話、終わった？　ノアの婚約者について聞いてるの？」

階段の踊り場からオスカーがひょっこり顔を出し、にやりと笑う。

「俺に婚約者などいない。十歳の時、この中から選べと父親から写真を渡されたが、全部びりびりに破いてやった」

ノアは鼻で笑う。想像してマホロは苦笑した。ノアは小さい頃からこの性格だったらしい。

「五名家の若様で婚約者がいないのは珍しいよね。俺だっているのにさ」

オスカーは面白そうに顎を撫でる。オスカーは婚約者がいるのにいろんな女性に手を出しているのか。なんて不実なのだろうと呆れた。

「わぁ、マホロのその顔。大丈夫だよ、俺の婚約者は俺と結婚する気ないからさ。面倒くさいから破棄してないだけで、彼女にはちゃんと別の相手がいる。血筋を重んじるグランマが、一族の中から勝手に選んだだけで」

オスカーはやれやれと頭を掻く。

「そうなんですか？」

「ほら、風魔法を永続させるためには、やっぱり風魔法の一族の者と結婚しなきゃ駄目だから。不思議な話だけど、血族以外と結婚すると、魔法回路を持つ子が生まれにくくなるんだよね」

オスカーに教えられ、マホロは以前授業でジョージが話していたのを思い出した。違う血族同士の間に生まれた子どもなら、どちらの魔法も使えて能力が倍増するのではないかと思いがちだが、実際は逆に魔法回路を持たない確率が高くなるそうだ。だから血族の中から、遠い親類を選び婚姻させるのが、五名家のもっぱらのやり方だ。

「稀に別の一族と婚姻して両方の力を持つ者も現れる。そういう者は強大な力を持つじゃないか。校長みたいに」

ノアが唇の端を吊り上げて言った。この国には四賢者と呼ばれる魔法使いがいる。特に優れた魔法使いに与えられる呼び名で、ローエン士官学校の校長であるダイアナ・ジャーマン・リードがその一人だ。校長は雷魔法の一族であるジャーマン・リード家と、風魔法の一族であるラザフォード家の血を引いている。

「血筋は謎が多いよ。うちの一族の御意見番のグランマによると、最強の魔法使いを生み出そうとあらゆるかけ合わせを試した人がいたらしいんだけど、ことごとく失敗したって話。ひょっとして魔法回路には愛というベクトルが必要なのかもね？」

オスカーはマホロに耳打ちするように言う。オスカーの唇が耳朶に触れて、くすぐったくて身をすくめると、ノアがマホロを手元に引き寄せる。

「お前のマホロへの興味が俺には気になる。こいつに手を出したら殺すぞ」

ノアはオスカーがマホロにべたべたするのが気に食わない様子だ。からかっているのか、あるいはノアへの悪戯か、誰に対してもオスカーはそんな態度なのだろうとマホロは思うのだが。

「はいはい。でも可愛い子には触りたくなるものだろ？　だってこの子……会うたびに輝いてくるんだもの」

オスカーが目を細めて見つめてくるので、マホロはどぎまぎしてノアの陰に隠れた。オスカーのようなプレイボーイは苦手だ。息をするように世辞を口にする。

「そりゃそうだろ。俺にこれだけ愛されてるんだ。オスカー、そろそろお前は気づけよ。お前の愛し方は間違ってるって」

ノアに呆れたように言われ「何それ」とオスカーが唇を尖《とが》らせる。そのまま二人で言い合いを始めてしまい、マホロは顔を赤くして見守った。ノアは男同士ということも気にならないのか、誰に対しても平然とマホロとの仲を公言する。マホロとしてはあまり人に知られたくないのだが……。

「ノア様、校長がいらっしゃいました」

廊下の先で、テオが声を上げる。ノアとオスカーの言い合いが止まり、マホロはホッとした。

「テラスに通してくれ。ああ、先に親父と会ってもらってくれ。親父をとっとと追い出したい」

ノアはテオに命じて、テラスへ足を向ける。

校長と会うのは一週間ぶりだ。その時の話を思い出し、自然と顔が暗くなった。

一週間前、マホロがノアの屋敷に来てすぐ校長がやってきて、マホロに思いがけない話を明かした。

マホロはボールドウィン家の血筋ではないこと、滅んでしまった光魔法の一族かもしれないこと——。

校長の話によれば、光魔法の一族は全身が異様に白く、太陽の下で暮らすのには適さない体質だそうだ。確かにマホロは髪や肌、まつげに至るまで色素が抜けている。小さい頃から自分だけどうしてこんなに白いのだろうと疑問だった。ただ太陽は苦手だが、暮らせないほどではないし、校長の勘違いという可能性もある。

光魔法の一族は、闇魔法の一族が現れた頃、出現したと言われている謎の一族だ。現在は絶滅したとされており、実態はよく分からず、どういう一族かもはっきりしていない。

だがもしマホロがその光魔法の一族だとしたら——自分の両親や他の一族はどうしているのだろう。マホロに特殊な石を埋め込んだ医師の話によると、研究所にはマホロのように色素の薄い子どもが何人も連れてこられたらしい。マホロ以外は全員、拒絶反応を起こして手術中、あるいは手術後に亡くなってしまったそうだが、その子たちには親がいたはずだ。一体どうなっているのだろう。マホロには想像もつかない話だった。

自分の正体についても気になっていたが、ずっと世話になっていたジークフリートと対峙《たいじ》することにもためらいがあった。ジークフリートが兵士を殺戮する姿を見てついていけないと思ったものの、長い間信じて、慕ってきた相手だ。そのジークフリートに刃を向けることなどできるのだろうか？

ノアはジークフリートにマホロを渡さないと宣言し、そのために闘うと告げた。ノアを巻き込んでいいのか。身体を張ってマホロを守ろうとするノアに対して、自分は安穏と守られる立場でいいのか。尽きぬ悩みがマホロを苦しめている。

とはいえ、今のマホロに選択肢はない。自由もない。軍の監視下に置かれている今は、次の命令があるまで、安心できるノアの傍にいたいと願うくらいだ。

「今日はずいぶん暖かいね」

テラスでオスカーとノアとマホロの三人で紅茶を飲んでいると、三十分ほどしてピンク色の髪をした若い女性がやってきた。ローエン士官学校の校長、ダイアナだ。今日は黒いジャケットに長いスカートという装いで、ヒールの高い靴を履いていた。会うたび違う髪色をしている変わった女性で、見た目は二十代か三十代にしか見えないが、実際は七十歳のおばあちゃんだという。

「セオドアは元気そうだね。久しぶりに話せて嬉しかったよ」

校長はにこやかに笑んで白い椅子を引く。テラスのテーブルには青い陶磁器のティーポットが用意されていて、スーツ姿のテオが人数分のお茶を淹れてくれる。大皿には焼きたてのクッキーが山盛りになっていて、膝の上に乗っているアルビオンが興味深げに鼻を寄せている。使い魔は食事をしないはずだが、まさか食べたいのだろうか。

「早くくたばってほしいものだ」

ノアはしらっと毒を吐く。そんなことを言っては駄目ですと小声で言うと、ノアが面倒そうにひらひらと手を振る。

「来週には学校が始まりますね、校長。忙しいんじゃないですか？」

オスカーは口元に笑みを浮かべ、校長を労《ねぎら》う。

「そうだね。いろいろと調整が厄介で、方々走り回ってるよ……？　今日はマホロ君の処遇について話しに来たんだ」

校長が目の前に置かれたカップを手に取る。ノアの目が鋭くなり、ぴりついた空気を漂わせて校長を見据える。マホロも不安になって、校長の目を覗き込んだ。

「マホロ君はしばらく私が預かることになった。具体的には変身させて私の従者として傍に置く。ノア、退学を踏みとどまってよかっただろう？　ちなみにこの件はプラチナ３の君たちには明かすが他の学生には内緒だ。レオンにはあとで伝えておく」

香りを嗅《か》ぐようにカップを持ち上げ、校長が一息に言う。校長の従者と言われて、マホロは胸を撫で下ろした。また軍事施設に隔離されるのではとひやひやしていたのだ。ノアは薄い唇を指で撫で、考え込むように唇を舐めた。オスカーは「へー」と明るい表情だ。

「というとマホロとは、また学校で会えるってわけかな？　でも学生じゃないんだ？」

オスカーに笑いかけられ、マホロはちらりとノアを見やった。ノアが無言なのが気になる。

「ノア。これは軍も同意した件だ。否やはないよ？　マホロ君をずっとここには置いておけない。セント・ジョーンズ家を襲撃されてはたまらないからね。といってもクリムゾン島にも長くいられるわけじゃないだろう。一番いいのはジークフリート一派を捕らえることだが……」

校長はため息をこぼす。

「目下のところ、彼らの消息は不明だ。まずは逃走ルートを見つけなければならない。そのためにもマホロ君をクリムゾン島へ連れていく必要があるんだ。あの島には秘密が多い」

「ギフトを授けてくれる人がいるって話でしょう？」

オスカーが目を光らせて校長のほうににじり寄る。

「ノアから聞いたのかい？」

校長はクッキーを摘みながら、苦笑する。

「ノアはくわしく話してくれなくて。グランマからは伝説みたいな話として聞かされた」

ちらりとノアを振り返り、オスカーは頬杖をつく。

「ぜひ聞かせてほしいな。あの島には森の人がいるって話でしょ？　そこにいるわけ？」

森の人——マホロは記憶を探った。クリムゾン島の東側には森の人と呼ばれる一族が暮らしている。けれど森の人に関する資料はほとんどなく、マホロは先住民なのだろうと思っている。

「ああ、そうだ」

校長は隠すつもりはないのか、簡単に認めた。

「森の人が住んでいる土地に秘密の扉があって、選ばれし者だけが入れるって話さ。そこにはギフトと呼ばれるオリジナル魔法を授けてくれる司祭がいるけど、授けてくれるかは運次第。我々、四賢者のメンツは一人しか授けてもらえなかった。魔力が強いかどうかは問題ではないらしい」

マホロは意外に感じて校長を見た。ノアは授かったのに、校長は授かっていない。そこにはどんな法則があるのだろう。

「実はそこにマホロ君を連れていきたい」

校長に見つめ返され、マホロはびっくりして飲んでいた紅茶をこぼしそうになった。マホロが反応するより早く、ノアがすごい形相で校長を睨みつける。

「マホロに何をさせる気だ」

ノアの威圧がすごくて、マホロは息を呑んだ。ギフトで母親を失ったせいか、ノアはこの話に敏感になっている。

「前も話したけれど、ジークフリート側にオリジナル魔法……ギフトを授かった者がいる。司祭に会い、彼らにどんなギフトを授けたか探らねばならない。敵がどんな手を使ってくるか知るためにもね。獣化魔法を使う者がいると話していただろう？　多分、レスター・ブレアだ。かつては魔法団に所属していた男で、今はお尋ね者さ。レスターがジークフリート側に立ったのなら、ジークフリートもギフトをもらったかもしれない。もしかしたら、ジークフリート以外にも……。それらを調べるためにも彼らに会いに行くつもりだ」

ジークフリートもギフトを授けられた可能性があると聞き、マホロは青ざめた。闇魔法の力は恐ろしく残忍で強大だった。その上、見知らぬ魔法まで操るというのか。仮にオリジナル魔法を得たとしたら、ジークフリートも何か大切なものを失った？　ジークフリートの大切なものとは何だろう？　胸がざわめいて、ひどく不安になった。あの襲撃の日、再会したジークフリートは以前とは何かが違っていた。もしそれが、ギフトを得たことによって何かを失ったせいだとしたら……。

「それは校長が一人で行けばいい話だ。マホロを何故連れていく必要がある？」

カリカリしたノアがテーブルを指で叩く。

「司祭は光魔法の一族ではないかという話がある。私が会った司祭は髪や肌を隠すような衣装を着ていたので、断言できない。色白の男性ではあったがね。マホロ君が本当に光魔法の一族の者かどうか確かめるためにも、連れていきたいんだ。それにもう一つ、ジークフリートたちの逃走ルートを、彼なら知っているんじゃないかと思って」

校長はノアの不機嫌な態度を気にしたそぶりもない。隣にいるマホロはおろおろしてしまうのに。

「——俺も行きたい」

ぎくしゃくした雰囲気に、割って入ったのはオスカーだった。ノアは呆れたように流麗な眉を上げ、校長は目を丸くする。

「校長。俺もついていきたいです。その時は同行させて下さい」

オスカーは興奮した顔つきで、自分の胸を叩く。

「オスカー。さっきも話しただろう？　ギフトを手に入れたら、代償に大切なものを失うんだぞ」

ノアが気色ばんで言う。

「ノア、そもそも俺が授けられるかどうかも分からないだろう？　校長がもらえなかったなんて、驚きだからね。ただ、俺は知りたいんだ。それがどんなものか、自分は選ばれるのか」

ノアとオスカーが一瞬、視線を交差させる。オスカーは大切なものを失ってでも、ギフトが欲しいのか。オスカーを優しくて明るいだけの先輩だと思っていた。

「まぁ、数名連れていくつもりだったから、同行は構わないけど。何が起こるか分からないし、自分の身は自分で守れるというのなら」

校長は特に問題視していないのか、オスカーの同行を許可した。森の人に会いに行くのか。司祭は光魔法の一族というのは本当だろうか？　雲を掴むような話で、不安だ。

「ノアはどうする？　できれば経験者に同行を頼みたいのだが。私も少し道行きが不安でね。一度行ったきりだし」

校長の顔が曇る。校長もギフトが欲しかったのだろうか？　魔法を極めると、特別なものが欲しくなるのだろうか？　簡単な魔法さえ満足に使えないマホロには理解できない話だった。

「俺は二度とあそこには行きたくない」

ノアは吐き捨てるように言った。母親を失ったことで、トラウマになっているのかもしれない。マホロは慰めるようにノアの肩を撫でた。ハッとしたようにノアが顔を向けてきたので、慌てて手を引っ込める。生意気な態度だっただろうか。

「無理強いはしないよ。君の気持ちも分かるのでね。すぐに出発するわけじゃないし。あそこに行くには女王陛下と軍の許可が必要なんだ。もろもろの手続きがすむのは早くて二月だろう」

二月というと、寒さが増す頃だけれど、今年は暖冬な上に、元々温暖なクリムゾン島ではほとんど雪は降っていないそうだ。今日も日差しが暖かく穏やかな日和で、先日久しぶりに降った雪もだいぶ解《と》けた。

女王陛下といえば、マホロには気になっていることがあった。軍施設に囚われていた時、マホロの命を救ってくれたのは現女王ヴィクトリアだ。何故女王陛下がマホロを救ってくれたのかは謎のままだ。

「とりあえず心に留めておいてくれ。それで、来週学校に戻る前に、マホロ君には会ってほしい人物がいる。光魔法の一族に関する研究を続けているワット・テイラーという男で、ぜひ君に会って話がしたいそうだ。ノアがよければ、明後日にでもここへ来てもらえるんだが、構わないかな？　私は用事があって同席できないんだが」

校長がマホロとノアを窺うように言う。マホロが頷くと、ノアも了承した。

「彼に関する資料は後で渡すよ。話はそんなところかな。学校に戻る直前にマホロ君の変身について話し合おう。髪色は黒でいいかな？　前とイメージを変えなければ。私とおそろいのピンクにする？」

校長に微笑まれ、ピンク色の髪をしている自分を想像したが、恥ずかしくて歩けないと慌てて首を振った。瞳の色と同じ黒なら、地味になるだろう。

「じゃあ今日はそんなところで」

校長はそう言うなり、腰を浮かせて帰っていった。オスカーは気もそぞろに、校長の後を追うように去っていった。

「……」

ノアは浮かない表情をしている。マホロが司祭や森の人と会うのが嫌みたいだ。マホロは自分について知りたかったので、少しだけ期待していた。自分は本当に光魔法の一族なのだろうか？　出自を知れば、今より自由になれるだろうか。尽きぬ疑問が頭の中を駆け抜け、よりいっそう不安になるのだった。

3 忍び寄る影

校長の話していた通り、翌々日には光魔法の一族の研究者と名乗る男がノアの屋敷に現れた。空気は冷え、霜が降りている寒い日だった。太陽は厚い雲に覆われ、午前中だというのに薄暗い。ワット・テイラーは校長から渡されたという書類を持っていて、兵士に囲まれながら玄関ファサードに導かれた。ノアは屋敷に入れず、その場で身分証と書類をじっくり確認した。

ワットは、七十代くらいの白い口ひげと白い髪が膝まで伸びた老人だった。黒ずんだマントを羽織っていて、丸眼鏡をかけている。鷲鼻《わしばな》にしゃくれた唇、いかにも研究者っぽい。

「お目にかかれて光栄です。光魔法の一族かもしれないと聞き、ダイアナに無理を言って頼みました。おお、君がマホロ君か。これはこれは」

老人はマントをずるずると引きずり、玄関先に出てきたマホロに手を差し出した。ノアが間に割って入って、握手しようとしたマホロを遠ざける。

「入る前にいくつか質問したい。光魔法の一族の研究をしていると聞きましたが、最後に彼ら、あるいは彼女らが確認されたのはいつですか？」

ノアは老人がワットかどうか疑っているようで、細かに質問をしていく。老人は淀《よど》みなくノアの質問に答えていく。心配性だなぁとマホロが微笑んでいると、ノアが肩をすくめた。

「素晴らしい知識です。本物のようだ」

ノアが美しい微笑みを浮かべる。老人も鷹揚《おうよう》に頷いた。

「――そいつの着ているものをすべて剝げ」

ふいにノアの目が冷ややかになり、銃を構えていた兵士たちに顎《あご》をしゃくる。兵士たちは戸惑ったように顔を見合わせる。一番驚いているのはワット本人だ。

「な、何か気になりましたかな？　私が一体……」

困惑して白髪《しらが》を掻く老人に、ノアは冷たい一瞥《いちべつ》をくれる。

「何かうさん臭い」

理由にもなっていない理由を平然と述べ、ノアが目で兵士に促す。兵士の一人が老人のマントに手をかけ、剝がそうとする。

「やれやれ、疑り深《うたぐぶか》い御仁だ……」

苦笑しながら老人が両手を広げた時だ――いきなり老人がしゃがみ込んだと思った瞬間、鈍い光を放つ何かが視界を過《よ》ぎった。

「ぎゃあぁ！」

老人を囲んでいた兵士の一人が悲鳴を上げた。血飛沫《ちしぶき》が飛び、兵士の一人は首を押さえ、身体を反らして倒れる。老人の手に、いつの間にか刃渡り三十センチほどの鋭利なナイフが握られていた。ハッとして近くにいた兵士が銃を向けたが、それより早く老人のナイフが兵士の手首を切り落とす。

「ひ……っ」

マホロが息を呑んで後ずさると、ノアが老人に手を伸ばした。

「俺の屋敷を血で汚すな」

吐き捨てるように言った後、ノアの瞳が金色に光る。とたんに目の前の空間がぐにゃりと歪んだ。次に瞬《まばた》きをした時には、老人の握っていたナイフはらせん状に曲がりくねっていた。老人が舌打ちして、懐《ふところ》から銃を取り出しその場を逃げ出そうとする。だがその銃も、ノアが一瞬の間に変形させた。兵士が老人に向けて発砲する。思わず耳をふさぎたくなるような銃声が、あちこちから響き渡った。老人は年齢を感じさせない俊敏な動きで、兵士を盾にとり、追手をかわす。

「精霊イグニス、我が声に応《こた》えよ」

マホロの肩に手を置き、ノアが静かに詠唱する。いつの間にか握られた杖から、老人に向けて炎が飛び出した。炎は勢いよく放たれた矢のように宙をうねり、老人のマントに喰らいつく。マントに炎が燃え移り、老人の身体を包み込んだ。

「精霊アクアよ！　炎を鎮めたまえ！」

老人はそう叫ぶなり、杖を取り出すと渦を巻く水飛沫を生み出した。ノアの放った火魔法を消し飛ばそうと、水魔法で対抗しているのだ。この老人は水魔法の使い手らしい。本来なら火魔法より水魔法のほうが強いと言われている。五つの魔法はそれぞれ有利な相手と不利な相手がいるからだ。けれどノアの放った火魔法の威力は老人の魔法を上回っていた。消しきれない炎が老人を包み、じりじりと身を焦《こ》がしていく。

「今だ！」

兵士たちが銃を老人の足に撃ち込む。老人は芝生の上に倒れ、悲鳴を上げてのたうち回る。炎の勢いは増すばかりで、火柱が立つほどだった。

「ノア先輩……っ」

マホロは火に巻かれる老人にショックを受け、過呼吸になってノアにすがりついた。恐ろしい光景に、クリムゾン島での忘れられない惨劇を思い起こしたのだ。息が苦しくて、立っていられない。人の焦げる臭いに吐き気がする。もう炎を止めてほしい。足元でアルビオンがきゅーきゅー鳴いている。マホロを心配するように。

「大丈夫か？　しっかりしろ」

ノアは杖を下ろし、マホロを支える。ノアは水魔法を使い、老人から炎を消し去った。足に銃弾を撃ち込まれ、重度の火傷《やけど》を負い、老人は息も絶え絶えに横たわっている。騒ぎを聞きつけた少尉が駆けつけ、老人の状態を確認する。少尉はこの屋敷の警護責任者で、四十代後半の体格のいい男性だ。

「息はある。救護班を。こいつからは情報を聞き出さなければ。……うっ」

老人の頭を持ち上げた少尉が、息を呑む。ずるりと皮が剝がれて、下から若い男の顔が出てきた。老人のふりをするため、マスクを被っていたのだ。顔に傷がある。軍事施設を襲った敵の中によく似た顔があったような気がする。

「よく見抜きましたね。さすがセオドア様のご子息だ」

少尉は感心したようにノアを褒める。マホロはノアにもたれかかりながら、本当にどうして見抜いたのだろうと不思議に思った。書類も受け答えも完璧だったのに。

「何となくだと言っただろう。あと俺は汚い老人を屋敷に入れたくなかっただけだ。裸にひん剥いて、水責めにして綺麗にしてやってからでないと、願い下げだ」

ノアはあっさりと言った。マホロは呆気にとられ、ついで吹き出してしまった。結果的に偽物を見抜いただけなのか。マホロの心が軽くなると、ノアがニヤリとする。

「顔色が戻ったな。お前は中にいろ。テオ、頼む」

マホロの額にキスをして、傍にいたテオに預ける。まさか襲撃者がワットに化けてくるとは思わなかったので、マホロも中で待っていたほうがいいと考え直した。

「ノア様、ニコル様は少々遅れているようです」

テオがノアに耳打ちする。そうかとノアが頷き、マホロはテオに支えられながら、屋敷の中に戻ろうとした。ニコルとは誰だろう？

「ノア、すまない。偽物が現れたって？」

護衛の兵士たちの間から校長が姿を現して、マホロは振り返った。今日は黒髪に黒いマント、黒い帽子を被っていて、珍しく眼鏡をかけていた。申し訳なさそうな顔の校長の隣には、丸眼鏡をかけたもじゃもじゃした髪のひょろりとした男性が立っていた。三つ揃いのスーツを着た、真面目そうな男性だ。年齢はよく分からない。四十代くらいだろうか？

「校長。ええ、今しがた……。今日は用事があったんじゃ？」

ノアがじろじろと丸眼鏡の男を見やる。校長が書類を取り出すと、まだその場にいた少尉が身分証や書類を確認した。

「用事はすませてきたよ。やはり来て正解だった。まさか偽物が現れるとは」

校長は運ばれていく偽物を悔しそうに見やる。

「本物のようです」

少尉が頷いて、丸眼鏡の男性の身体検査をする。校長が一緒だし、今度こそ本物だろう。丸眼鏡の男は両手を広げて、少尉の身体検査にすんなり応じた。

「どうも、はじめまして。ワット・テイラーです」

ワットは杖以外は何も武器を持っていなかったので、ノアの前に進むのを許可された。ワットはきょろきょろ周囲を見回し、マホロを見つけると感激したように身体を震わせた。

「君がマホロ君か！」

ワットはノアの制止より早く、マホロに駆け寄り、両肩をがしっと摑む。マホロが圧倒されて「は、はい」と言うと、両手両足をわななかせた。

「素晴らしい！」

ワットは感極まったように拳《こぶし》を握る。その襟首をノアが後ろに引っ張る。ワットは貧弱な体格にふさわしく、ノアに引っ張られ簡単に地面に尻もちをついた。その衝撃で丸眼鏡が飛んでいく。

「気安くこいつに触るな。何だ、お前は。壊れた鳩時計のような奴だな」

ノアにうさん臭そうに見下ろされ、ワットが落ちた丸眼鏡を急いで拾ってかける。

「す、す、すみません。つい興奮して……。何しろ光魔法の一族と会うのは久しぶりで」

ワットは急に背中を丸めて、おどおどとノアの顔色を窺《うかが》う。悪い人間ではないと判断したのか、ノアは屋敷の中に入るよう促した。マホロたちは正面玄関から屋敷に入る。

「校長、眼鏡を？」

玄関ホールに入ってすぐの階段を上がりながら、ノアが訝《いぶか》しげに聞く。校長は苦笑して眼鏡のつるに触れる。

「今日はちょっと目が痛くてね……魔法薬を作っていて、失敗したのさ」

校長は痛そうに目元を押さえる。目に怪我《けが》を負ったらしい。ふーんとノアが呟き、先に立って歩きだす。ワットは先ほどからマホロに熱っぽい視線を送ってくる。紅潮した頬でじーっと見つめられ、こそばゆい。

「研究者というからもっと老けているかと。さっきの偽物のほうが、よほど本物っぽい」

階段を上がりきると、ノアはマホロの肩を抱き、校長の後ろを歩くワットに話しかける。ワットは苦笑して、頭を掻いた。ふと見ると、アルビオンが見当たらない。どこへ行ってしまったのだろう。

「よく言われます。これでも博士号を持っていますので……。それにしてもすごいなぁ」

ワットはちらちらとマホロを見て、うきうきした足取りで歩いている。

ノアは二階の応接間に校長とワットを通した。ノアとマホロが横に並び、向かいのソファーにワットが腰を下ろすと、テオが人数分のお茶を用意する。今日は寒いので、湯気の立つ紅茶が有り難い。

「それで、テイラー。あなたの意見を聞かせてほしい。マホロについて」

ノアは世間話をする気は一切ないらしく、お茶が振る舞われるなりワットをせっついた。校長はソファーに座らず、暖炉の上に飾られているガラス製品を眺めている。キャンと声がして、アルビオンが尻尾《しっぽ》を振って近づいてきた。

「はい。結論から申しまして、マホロ君は光魔法の一族かと」

ワットは自信ありげに断言した。マホロは緊張して隣にいたノアに肩をくっつけた。ノアの手がマホロの髪を撫でる。

「確かか？」

「私は以前、といっても小さい頃ですが……光魔法の一族と会ったことがあります。彼にそっくりです。彼も若いのに髪もまつ毛も産毛も白かった。私の調べたところによると、光魔法の一族は暗い場所でしか生きられない体質を持っているそうです。太陽の光に当たると肌が炎症を起こし、生活が困難だと聞きました」

「その人は今どこに？」

ワットが光魔法の一族と会ったことがあると聞き、マホロはつい口走った。自分も会ってみたいと思ったのだ。

「最後に会った時、地下に潜ると言っていました。どういう意味か分かりませんでしたが……、彼の話では光魔法の一族は滅びかけていると。あなたのように健康な方は珍しいのではないですか？　外にいても平気でしたよね？」

　ワットに興味津々で聞かれ、マホロは頷いた。長時間日差しの強い場所にいると倒れてしまうが、それ以外なら問題はない。

「光魔法の一族についてもっとくわしく聞きたい。太陽が苦手といっても、何故こうも数が少ないんだ？　やりようがあっただろう」

　ノアは足を組んで聞く。マホロは足元でアルビオンが吼《ほ》え始《はじ》めたので、急いで膝に抱き上げた。

「光魔法の一族は特殊なんです。何しろ、寿命が十五、六年ですから」

　アルビオンは何か言いたげにうーうー唸《うな》っている。何だろう？

　マホロはぎょっとした。寿命が……短い？

「ですからマホロ君は貴重です。十八歳ですよね？　見た目は健康そうだし、他の光魔法の人たちと何か違いがあるはず。私が会った彼も、寿命をはるかに超えていました。特別な方法で生きながらえていると。それについては教えてくれませんでしたけど」

　ワットは革の鞄《かばん》から手書きでまとめた紙を取り出した。

　特別な方法……マホロはふいに胸を押さえた。この心臓には石が埋め込まれている。賢者の石と言っていたが、まさか……。マホロの感情に引きずられたように、アルビオンがきゅーきゅー鳴きだす。

「その他にも衰退する原因は多いようです。一つに婚姻。同じ光魔法の者か、あるいは闇魔法の一族としか結ばれないとか……」

「何だ、それは！」

急に激昂《げっこう》して、ノアがテーブルを叩いた。ワットはびっくりして腰を浮かし、マホロはぽかんと口を開けた。

「すすすみません。私、何かまずい発言を……？」

ワットがおそるおそるノアを窺う。ノアはこめかみを引《ひ》き攣《つ》らせ、歯ぎしりをしていた。光魔法の一族は、同じ光魔法か闇魔法の者としか結ばれない——それが本当だとしたら……。マホロは鼓動を速めてうつむいた。恐ろしくてノアの顔が見られない。

「——続けろ」

ノアが髪をぐしゃぐしゃと掻き乱して言う。

「あの、あの、すべてその彼の話と古文書によるものですから、絶対とは言い切れませんよ……。えーそれから寿命、については言いましたよね……。彼らには特殊な力があって、人を癒したり、怪我を治したりすることができるそうです……。光魔法の特色だそうですが、他にも時間を戻したり、止めたり……死者や神霊と話したり……。すべて検証はしておりません。彼がそのような力を使うのも見ておりませんので……話半分で聞いていただけると……」

ワットの声が意識をぼんやりとさせる。マホロにはそのどれもできない。やったことがないし、できる気もしない。時間を止めたり戻したりするなんて、人間の業《わざ》とは思えない。

「ええーと、それから……うーんと……」

ワットの頭がぐらぐらして、しきりに丸眼鏡を動かす。マホロは眠気を感じてノアにもたれかかった。りんりんとかすかな音が聞こえる。瞼《まぶた》を擦って顔を上げた。校長が暖炉の傍で、ガラスの鈴を鳴らしている。何だか、すごく眠くなってきた。アルビオンがマホロの腕をがぶがぶ噛んでいる。痛みが眠気で消えていく。

「う……」

ノアが額を押さえて、立ち上がろうとした。けれどその足から力が奪われて、再びソファーに深く沈み込む。マホロはもう目を開けていられなくて、ソファーの背に身体を預けた。

誰かの手がマホロの腕を掴む。校長……？　何も考えられない。眠い……。

「——セキュリティーが甘いぞ」

聞き覚えのない男の声がして、耳元で何かが爆《は》ぜた。びっくりして目を開けると、応接間の窓が全開になって、冷たい風がマホロの眠気を一気に吹き飛ばした。ワットの横で校長が耳を押さえてしゃがみ込んでいる。

「え、え、え？」

マホロが動揺して周囲を見回すと、隣にいたノアがふらつきながら立ち上がろうとする。それを制するように、金髪の青年が杖を横に動かした。ノアは金髪の青年に肩を押されて、力なくソファーに崩れた。

「神経系のガスだ。お前はじっとしていろ」

金髪の青年が呟く。校長が彼の杖の動きに従い、絨毯《じゅうたん》の上で引っくり返る。かけていた眼鏡

が割れて、目元が露《あらわ》になる。――何かおかしい。

「校長じゃ……ない⁉」

マホロは愕然《がくぜん》として声を上げた。校長だったはずの女性は、見た目はよく似ているが、眼鏡がなくなると別人にしか見えなかった。校長よりも目が細く、きつい顔立ちになる。

「兄、さん……」

金髪の青年の背中に、ノアが声をかける。この青年はノアの兄なのか。兄さんと呼ばれた男はノアには応えず、偽物の校長に飛びかかる。偽物の校長は青年の蹴りを素早くかわすと、全開になっている窓に駆け寄り、躊躇《ちゅうちょ》なく飛び降りた。

「待て！」

金髪の青年が窓に駆け寄り、下を覗き込む。ついで指笛を吹くと、屋敷を守っていた兵士たちに賊が侵入したと合図を送る。

「まずいな……」

階下を覗き込みながら、金髪の青年が舌打ちする。

「う……、やられた。手足が痺れる……」

ノアは頭を大きく振り、朦朧《もうろう》とする意識を覚醒させようとする。金髪の青年は偽の校長を追うのをやめて、暖炉の上に置かれたガラスの器を手に取った。器の中には黄色の液体が入っていて、そこから蒸気のようなものが出ていた。窓が全開になったおかげで、それは外へと排出される。

「これが原因だろう。調べさせよう。今日来る予定を入れておいて、本当によかった。タイミングがずれていたら、彼をさらわれていたな。それにしてもお前らしくもない。油断したか？」

金髪の青年はガラスの器に蓋《ふた》をして、駆けつけたテオに液体の分析を頼んだ。ワットはまだ眠っていて、ソファーにしどけない姿で横たわっている。

「校長が……偽物だったんですか？」

マホロはぼうっとした頭で、身震いした。アルビオンがうるさかったのは、そのせいだったのだろうか？　ちゃんとアルビオンの警告に耳を傾けていればよかった。

「背格好や雰囲気の似た女を、校長に化けさせたんだ」

ノアは金髪の青年から気つけの酒をもらい、意識を覚醒させる。ワットの話に集中してしまい、校長が偽物だなんて気づかなかった。改めて窮地《きゅうち》を救ってくれた金髪の青年を仰ぎ見る。

「はじめまして。マホロ。俺はニコル・セント・ジョーンズ」

ニコルと名乗った金髪の青年がにこやかに笑う。ノアが重い頭を揺らして「兄だ」とつけ足す。ノアと同じくらい背が高く、がっしりした肉体に軍服を着込んでいる。帽子をとってマホロに手を差し出したので、つられてその手を握った。ノアとは髪の色も違うし、あまり似ていない。父親似の端整な顔立ちで、碧色《みどりいろ》の爽やかで理知的な瞳が印象的な青年だ。

「はじめまして……あの、お世話になっています」

マホロは慌てて立ち上がり、頭を下げた。

「君は平気なの？　ノアも彼も起き上がれないくらいなのに」

ニコルは驚いたようにマホロを観察する。少し頭がぼうっとしているが、手足の痺れはない。

新鮮な空気を吸い込むと、意識もはっきりしてきた。

「そうみたいです。俺は大丈夫です」

マホロは手足を動かして頷いた。

「頭が重い……」

隣に座っているノアはまだ薬が抜けきらないのか、どんよりしている。ニコルが苦笑してノアに肩を貸す。

「こいつは昔からガス系に弱くてね。ベッドに連れていくよ。君はワットを頼む。彼は本物だから安心して。テオ、お前はマホロの傍にいてやってくれ」

ニコルはてきぱきと指示し、ぐったりしているノアを抱えていく。あんなふうに力がないノアを見るのは初めてだ。大丈夫だろうか。

「仲が……いいのですね」

兄弟が消えた扉を見やり、マホロはテオに聞いた。テオは気つけのアルコールをワットの口に注ぎ、微笑んだ。

「お父上とは不仲のノア様ですが、兄上のニコル様とは親しくされています。ニコル様は信頼できるよいお方ですよ。火魔法の有力者で、魔法団の一員でもあります」

ノアの兄は今年二十七歳で、軍内部でも期待されている若手の精鋭らしい。

「ううう、な、何が……」

ワットがようやく目を覚ました。気つけのアルコールがきつかったのか、顔が真っ赤になっている。意識は覚醒したものの、手足が痺れていると言ってぐったりしたままだ。今日だけで二度も襲撃を受けるなんて、不安だ。あの偽校長はマホロを連れ去ろうとしていた。ニコルが来なかったら、どうなっていたか。ジークフリートはマホロを諦《あきら》めていない。つくづく周りに迷惑をかけっぱなしだなぁと思い、マホロは消沈した。

ワットは手足の痺れがとれなくて、夕食の時間まで客間に寝かされていた。今夜は大事をとって泊めるそうだ。夕食を運んでいった際に顔を合わすと、寝たままの状態でマホロを質問攻めにした。身体は不自由でも、脳はしっかり働いているらしい。

「自分の生まれをご存じないのですか。うーん、残念だなぁ。光魔法の一族の暮らしとか知りたかったのに」

ワットは寝ながら紙にメモを取り、唸っている。

光魔法の一族については謎が多く、最初に聞いた説明以上の実のある話はなかった。ワットもクリムゾン島の森の人については聞き及んでいるようだが、二回行った調査でも森の人に会えず、食料が尽きて仕方なく戻るしかなかったそうだ。森の人とはどういう人なのだろう。島に定住しているのは確かなのだろうが、彼らに会うのはひどく難しいらしい。特殊な力が働いていて、会える人と会えない人が存在するのではないかと言われている。

ノアは調子が戻らず、夕食を共にしなかった。偽校長の放った神経系のガスは、後遺症の出るものではなかったので、時間が経てば元気になるだろうと医師は太鼓判を押した。マホロはニコルと食事をしながら、ノアに関する話を聞いた。ニコルが金髪なのは、亡くなった母親譲りらしい。

「あいつが誰かを気にかけるのは、非常に珍しいんだ。君には期待しているよ。我が弟は、力は強いしスペックも高いんだが、人として欠如している部分が多い。何より重度の人嫌いだ。だけど、あの容姿だろう？　言い寄る輩《やから》は多くてね。小さい頃は俺が彼のナイト役だった」

ニコルは微笑みを絶やさずにマホロに話しかける。ノアとは対照的で人当たりがいい。

「でも俺なんかが傍にいて……いいんでしょうか。俺は軍の監視下に置かれていて……」

マホロは戸惑いつつ、サラダを口にした。

「変な話だが、あいつについては父もいろいろ諦めている。まだ小さい頃はセント・ジョーンズ家の一人として血族の女性と婚約させようとしたり、一族のしきたりについて教え込もうとしたりした。だが、あの性格で、あの能力だろう？　気に入らないと何でも燃やすし、どんな武器も……おっと、これはまずいかな」

ニコルが探るようにマホロを見る。

「オリジナル魔法のことですか？」

「ああ。聞いているんだ？　本当に君には心を許しているんだね。それなら安心してしゃべれる。そう、あのオリジナル魔法がね、とても厄介でさ。あの子を強引にしつけようとした者はことごとく報復に遭った。今のノアはあれでもずいぶんマシになったんだよ。昔は悪魔の再来とかセント・ジョーンズ家の忌み子とか言われていた」

「そ、それは……」

あまりの言われように、マホロは乾いた笑いを漏らした。

「唯一、俺の話は聞いてくれたから、今でもセント・ジョーンズ家の一員だ。もちろん君が女性でノアと婚姻したいとかいう話になれば、一族挙げての大騒ぎになるだろうけど、幸いにして君は男だ。ノアが幸せなら、このままでもかまわないと俺は思っている」

ニコルにさらりと言われ、マホロは困ってうつむいた。ニコルにもノアと自分の関係はばれているようだ。ノアに近寄るなと言われないのは助かるが、マホロはワットから聞いた話が頭にこびりついていた。ワットの話が本当なら、マホロはノアと真の意味で結ばれることはない。

「あとで部屋に行ってあげてほしい。きっと落ち込んでいるだろうから」

ニコルはワインの追加を頼みながらウインクした。その左手の薬指には指輪が光っている。ニコルは結婚しているらしい。

分かりましたとマホロは頷いた。

食事を終えた後、料理長の作ったサンドイッチを皿に載せ、マホロはノアの部屋を訪ねた。ノックをすると「入れ」と声がかかり、そっとドアを開ける。

ノアはベッドに横になっていた。

「ノア先輩、大丈夫ですか？」

ベッド横にあるサイドボードにサンドイッチと紅茶を載せたトレイを置き、マホロはノアを覗き込んだ。

「最悪だ」

ノアは腕で顔を隠し、力のない声を出す。いつも不遜な態度のノアに元気がないと、ひどく心配になった。ベッドの傍に膝をつき、目線を合わせようとする。気づいたノアが腕を下げ、じっとマホロを見つめる。

「自己嫌悪だ。お前を守れなかった。兄さんが来なかったら、お前をさらわれていたな」

ノアが抑揚のない声で呟く。

「ノア先輩のせいでは……。それにみんな無事だから、問題ないです」

ノアを元気づけようと、マホロは笑顔で言った。けれどノアの顔が晴れることはなく、深い後悔に沈んでいる。

「ふだんなら、あいつが偽物だと気づいた。あのもじゃ研究者が……お前と俺は結ばれないなんて言うから、動揺した」

ノアが眉根を寄せて言う。やはりノアもあの情報が気になっているのだとマホロは胸が痛くなった。ノアと身体を重ねていた時、繋がろうとすると魔法壁が現れてできなかった。ノアはジークフリートのかけた魔法だと怒っていたが、マホロが光魔法の一族だからなのかもしれない。

「別に入れるだけがセックスとは思っていない」

ノアがだるそうに上半身を起こす。ブルネットの髪が肩からさらりと垂れた。マホロが見上げると、ノアの手が頬にかかった。

「でもお前と一生繋がれないのかと思ったら、絶望した」

ノアの手がマホロの身体を引き寄せる。腰を浮かせてノアに抱き着くと、吐息が首筋にかかる。

マホロはベッドに座り、ノアと身体をくっつけた。温かな腕が背中に回る。

「ノア先輩……」

「あいつは……、ジークフリートはお前を愛せるんだな……。負けた気分だ」

ノアが苦しそうに耳元で囁《ささや》く。ワットの話が本当なら、マホロはジークフリートとは性行為を行える。まさかそれもあってマホロはジークフリートの屋敷に引き取られたのだろうか？　ジークフリートと、ノアとしたような行為をする——想像してみて、マホロはぶるりと身体を震わせた。

「ノアせんぱ……」

「質問。——広い海で一人分だけ浮いていられる大きさの板切れに摑まっていたら、愛する人が溺れていた。板切れを渡したら自分は沈む。お前はどうする？」

マホロの髪をひと房手に取り、ノアが聞く。

「愛する人を見殺しにはできません。板切れを渡します」

マホロが迷わず答えると、ノアは冷笑した。

「お前はそうだろうな」

ノアはマホロの髪に口づけ、やるせなさそうにマホロを抱きしめた。

「俺は多分、一緒に沈む。自分が死んで相手だけ生きているのも耐えられないし、相手が死んだらきっと俺は生きていられない。マホロ、俺は——自分が怖い」

ノアの声が急に低くなって、マホロを抱く手に力が込められた。

「あいつに奪われるくらいなら、お前を殺したいと思った」

ぞくりとするような過激な発言に、マホロはとっさに何も言えなかった。ノアの激しい感情はマホロの心を焼き尽くすかのようだ。怯《おび》えて身をすくめると、ノアが苦しそうに身体を離した。

「自分の中にこんな恐ろしい感情があったなんて、知らなかったよ。俺は俺が思う以上にお前にのめり込んでいる」

ノアの宝石のように綺麗な瞳がマホロを射すくめる。怖いくらいのノアの激情を知り、鼓動が速まった。恐ろしい、と思うと同時に胸が熱くなる。何故だろう。ノアの熾烈《しれつ》な感情が嫌ではなかった。ノアには確かに危うい一面があって、それがノアという男の魅力にもなっている。まるで火魔法だ。火魔法の炎の如き激情で、マホロを焦がそうとする。

そして、気づいてしまった。

ノアと、ジークフリートは似ている。根底に同じものを抱えている。

「ノア先輩……、俺が傍にいるの、つらいですか？」

マホロは思わずそう口にしていた。ノアの心に負荷をかけているのではないかと不安になったのだ。

「馬鹿。離れるほうがつらいって話をしてるんだよ」

ノアが強張った表情を弛めて、少しだけ笑った。

「言わなくていいことを言ってしまったな。忘れろ。侵入者にしてやられて、動揺しているだけだ。今回の件で分かった。俺一人でお前を守るのは無理だ。使えるものは何でも使ってお前を守る。あの偽校長は次会ったら殺す」

ノアはマホロの持ってきたサンドイッチを一つ口に運びながら言い募った。いつもの調子が戻ってきて、マホロはホッとした。

（ノア先輩……）

マホロは紅茶に口をつけるノアを見つめ、今まで感じたことのない感情が芽生えるのを知った。いつも尊大で強いノアが弱音を吐いたのは、少なからずマホロの心を揺さぶった。ノアを助けたいと思ったし、慰めたいとも思った。自分なんかがノアの助けになるとは思えないが、一緒にいたい気持ちはマホロも同じだった。最初に声をかけられた時はただの怖い先輩としか思えなかったのに。

ローエン士官学校に入って、自分はずいぶん変わった。ジークフリートの屋敷にいる間は、会う人も限られていたし、マホロと仲良くなった人は大抵ジークフリートがよそにやってしまった。閉じられた世界で、ジークフリートのために生きるよう育てられた。今は――ノアの傍で新しい世界を見ている。

ジークフリートはマホロを諦めてくれないだろうか。このままここにいたいと願うマホロの気持ちを汲《く》んでくれないだろうか。わずかな希望を胸に、マホロはその思いをしまい込んだ。

数日後、本物の校長がノアの屋敷を訪れ、マホロたちを労《ねぎら》った。軍から自分の偽物が現れたと聞き、肝を冷やしたらしい。大事に至らなくてよかったと校長は胸を撫で下ろしていた。

「この私に化けるとはね。これから疑わしいと思ったら、私に魔法を使わせるといいよ。私の華麗な魔法までは真似できないだろうからね」

校長は今日は青い髪色で、黒い革のジャケットに、素足にぴったり張りつく黒い革のパンツを穿《は》いていた。校長の話では、ワットはいつも研究室にこもっていて、学会にもほとんど出席しない引きこもり体質の人らしい。だから敵もワットの情報が得られず、偽物のワットはいかにも研究者という白髪の老人にしたのだろうという。捕らえられた偽物のワットは軍の尋問を受けているが、さしたる情報は得られていないようだ。校長に化けた女性には、結局逃げられてしまった。

「さて、明日から学校に戻る件について話そう。マホロ君、君には私の従者になってもらう。ちょっと、そこに立って」

マホロは応接間の大きな絵画の前で立たされた。ノアとテオとアルビオンの見守る中、校長が杖を回しながらマホロの周りをぐるりと歩く。ぴりぴりした感覚に包まれたかと思うと、みるみるうちに髪が黒くなり、背中まで伸び始めた。逆に身長は縮み、ノアの半分くらいの大きさになる。

「わーっ」

マホロはびっくりして自分の小さな手を振った。視線がずいぶんと低くなって、ノアを見上げるのが大変だ。着ていた衣服もだぶつくし、靴はぶかぶかだ。

「外見はこんな感じでどうだろう。十歳くらいかな。うん、私の甥《おい》っ子《こ》で口がきけないという設定でいこう。それで、ふだんはこれを被ってもらう」

校長がマホロを見下ろし、仮面を差し出す。目と鼻、口の部分だけ穴がくりぬかれた、白いのっぺりした楕円形のマスクだ。差し出されて被ると、顔に張りついてとれなくなった。

「わーっ！」

マホロが焦って両手を伸ばすと、ノアがしっかりと摑んでくる。

「こいつのよさをすべて奪ったたな」

ノアはマホロを抱き上げ、忌々しげに言う。

「仕方ないだろう。どこにジークフリートの息がかかった奴がいるか、分からない。ちなみに仮面を外せば、魔法はすべて解除される。魔法の解除ができるのは私だけだよ。外したい時は私に言ってね」

校長がウインクして親指を立てる。

「言っておくけど、ノア。学校内で不純同性交遊は校長として阻止させてもらうよ。禁止はしないけどね。大いに二人の仲を邪魔させてもらおう。この姿なら、君も不埒《ふらち》な真似はできまい？」

校長にも自分たちの関係がばれているのかとマホロは仮面の下で赤くなった。

「は。子ども相手なら手を出さないと思ってるのか？　仮面だろうと子どもだろうとヤりたくなったら、手を出すに決まっているだろう」

ノアが平然と告げ、マホロは驚きのあまり仰《の》け反《ぞ》って落下しそうになった。校長とテオも頭を抱えている。

「ノア先輩は変態です……」

マホロは青ざめながら呟いた。

「ノア様、どうか後ろ指を指されるような真似はお控え下さい」

テオも手を合わわせ、ハラハラした様子で乞う。

「アルビオンは悪いけどしまわなきゃね。そいつがいると、マホロ君ってばれるし」

気を取り直したように校長が杖をアルビオンに向ける。アルビオンは飛び上がって部屋の隅に逃げ、聞くも哀れなほどきゅーきゅー鳴きだした。

「何だい、この使い魔はずいぶんマホロ君に馴染《なじ》んだようだね。マホロ君を守りたいのか。しょうがないなぁ、じゃあお前の姿を変えよう」

校長がアルビオンの頭の上で杖をコンコンと叩く。すると煙が湧き起こり、白いポメラニアンが現れる。

「うーん、どうやっても小型犬なんだねぇ。何でだろ？　魔力は強いのに。マホロ君の性質はどこまでいっても小型犬なのかな」

校長が腕を組んで苦笑する。アルビオンはきゃんきゃんと高い声で鳴き、ノアの足元をぐるぐ

る回る。

「まぁいい。ノア、これから学校ではマホロ君に不用意に話しかけないでくれたまえよ？　君が話しかけるとすごく目立つからね。敵に素性がばれないようにするためには、心を鬼にしてマホロ君から離れるんだ。彼は常に私の傍に置くから、心配はいらない」

ノアの手からマホロを奪い返そうと、校長が脇から手を差し込む。ノアはムッとしてマホロをより強く抱き寄せ、校長を睨《にら》む。

「じゃあ俺はこいつの欠乏分をどこで補えばいいんだ。どうしても離れろというなら、週末は俺の部屋で一緒に過ごしたい。そうしないなら、暴れる」

「子どもかい、君は」

ノアのわがままな言い分に校長がうんざりする。

「そんなにしょっちゅう君の部屋にいたんじゃ、すぐばれるだろ。月に一回程度なら、二人きりで会うのを許すよ」

「校長は俺に第二のジークフリートになってほしいようだ」

侮蔑するようにノアが笑う。

「……本当にこの困ったお坊ちゃんは！　せめて二週に一度。これ以上は譲れないよ。会う場所は、そうだな……。君たち、開かずの間に入っただろ？」

思い出したように校長に問われ、マホロはノアと顔を見合わせた。以前、ジークフリートの情報を求めて、司書室の奥にある開かずの間に入ってしまったのだ。

「この前調べたら君たちの痕跡を見つけてね。あそこなら誰にもばれずに会えるだろ。それで、どう？」

ノアはマホロの仮面をコンコン叩きながら「譲歩しよう」と頷いた。

「その代わり、その時はこの仮面をとってくれ。これじゃキスもできない」

ノアが仮面越しに額をくっつけて嘆く。

「はいはい。じゃあ、そういうわけで、このままマホロ君は私が連れていくよ」

ノアの腕からマホロを引き剝がし、校長が脇に抱える。マホロは自分が荷物になったように感じた。

「明日行くんじゃないのか？　まだじっくり堪能していない」

ノアは動揺したようにマホロの小さな腕を引っ張った。

「悪いけど、軍の命令だから。では、ノア、テオ。明日学校で会おう」

校長は意地の悪い笑みを浮かべ、マホロを脇に抱えたまま部屋を出ていった。アルビオンが小さな脚を懸命に動かして、ついてくる。マホロは悲しげな顔のノアを振り返った。仮面を被っているので、マホロがどんな表情をしているかノアには分からないだろう。俺も寂しいですと心の中で訴えながら、マホロは必死に手を振った。

4　ローエン士官学校での生活

ノアの屋敷を出ると、ファサードに停《と》まっていた馬車に乗せられた。馬車はノアの屋敷のもので、港までマホロたちを送ってくれるそうだ。校長が見送りを断ったので、ファサードには執事しかいない。世話になったノアの屋敷を後にして、マホロは少し不安になった。視界に映るものが何もかも大きく見える。十歳だった頃は、こんな気分だっただろうか。頼りなくて、心細くて、ノアの存在は大きかったのだとしみじみ感じた。ノアのあの自信家なところは、一緒にいると心強いのだ。

揺れる馬車の中で、マホロは膝に乗ったアルビオンの毛を撫でていた。アルビオンにもマホロの感情が伝わるのか、くーんと悲しげに鳴いている。マホロの持ち物はアルビオンだけだ。ばれる可能性があるので私物はすべて置いてきた。

「仮面をつけているから、どんな表情をしているか分からないけど、全力で君を守るから安心しなさい」

校長がマホロの頭に手を置いて言う。アルビオンが悲しげな様子なので、マホロも悲しんでいると察しているのだろう。

「迷惑かけてばかりですみません」

マホロは改めて頭を下げた。もっと気持ちを強く持たなければ駄目だと、心を奮い立たせる。ノアも校長も、マホロのために手を尽くしてくれているのだ。マホロが当面すべきことは、誰にも正体を暴かれずに過ごすことだ。

馬車は街道をまっすぐに進んだ。クリムゾン島に一番近い港まで、途中の休憩を挟んで五時間ほどかかっただろうか。港に着くと、定期便の船が泊まっていた。この船で、クリムゾン島に向かう。

「何か変わったことはあったかい？」

船に乗り込むと、校長は船長を見つけて話しかけた。船は五十人程度が乗れる鉄でできたもので、軍の所有物になっている。兵士と物資の搬送を兼ねていて、校長は船長である少尉と知り合いのようだった。デッキに立っている船員は灰色の軍服を着ていて、肩に長い銃をかけている。早めに学校に戻る学生が十七名ほどいて、全員大きなスーツケースを手にしていた。彼らは校長の傍にいるマホロとアルビオンを見て、不思議そうな顔をしている。もう彼らとはしゃべれないのだと思うと、少し寂しくなった。

「異常なしです。明日は多くの士官学校の学生たちが戻ってくるでしょうね。こちらも大忙しだ」

船長はちらりとマホロを見る。

「この子は私の甥《おい》っ子《こ》で、ジルという。大変魔力のある子でね、私の従者として仕事を手伝わせるつもりだ」

校長はマホロの肩を抱き、にっこりと微笑む。ジルというのが自分の仮名なのか。

「はぁ。何故仮面を？」

船長はマホロを見下ろして、訝《いぶか》しげに聞く。

「この子の家には成人するまで仮面を外せないしきたりがあるのさ」

校長は失笑するような理由を述べている。そんなの信じてもらえないと思ったが、意外にも「なるほど」と船長が頷く。突拍子もない理由だが、権威ある人が言うと人は信じるらしい。

船は二時間ほど海を滑るように進み、クリムゾン島へ着いた。船から下りた学生たちが、桟橋をぞろぞろとスーツケースを引きずっていく。校長は肩掛けの鞄《かばん》一つ持ち、マホロの手を引いて歩きだす。

「移動疲れのところ悪いけど、君も惨事があった場所が気になるだろう？　先に見ておくかい？」

校長は鞄から三十センチほどの棒を取り出して言う。呪文を唱え、棒を宙に放り投げると、それは箒《ほうき》に変わった。

「さぁ乗って」

箒に跨《また》がった校長がマホロを促す。おそるおそる校長の背中にしがみついて箒を跨ぐと、ふわりと浮かんだ。アルビオンが慌ててジャンプしてマホロの頭に乗る。

「ひ……っ」

助走もなく、箒はすごいスピードで空に舞い上がった。あっという間に学生たちを追い抜き、ローエン士官学校の建物の上空まで飛んでいく。お世辞にも乗り心地のいい椅子とは言い難く、マホロは校長の腰に抱きつき、必死で箒のスピードに耐えていた。箒で飛ぶには風魔法と雷魔法の力が必要らしい。何故箒ではなく、もっと快適な乗り物にしないのか聞くと、古《いにしえ》よりイメージされたものをくつがえすのは並大抵のことではないと諭された。

「見ろよ、湖の傍の警備が増強された。あそこにいるのは魔法団のエリートたちだ」

校長は上空を旋回して湖を見下ろした。湖の周囲には兵士だけでなく魔法団の軍人と思《おぼ》しき人も見える。魔法団の軍人は制服が違うので一目で分かる。兵士がカーキ色の制服なのに比べ、魔法団の軍人は白地に金が入ったきらびやかな制服だ。彼らの一人がこちらを見て、敬礼する。校長もそれに倣《なら》う。マホロはおそるおそる下を確認した。ジークフリートはクリムゾン島の湖の底に魔法石が隠されているのを知り、それを奪おうとした。ジークフリートが襲撃した際に破壊された木々には、まだ戦闘の爪痕が生々しく残っている。

「上から見ると、君が通った道が分かる」

校長に言われてマホロも気づいた。あの時マホロは光の塊《かたまり》みたいになって熱を発し、木や緑を燃やし、道にある岩を破壊して洞窟へ逃げ込んだ。二カ月経っているとはいえ、マホロが通った場所は未《いま》だに黒く焦《こ》げていた。

校長は空高く舞い上がって、さらに上空から島を見せてくれる。島の東側には、深い緑が広がっている。冬だというのに緑が青々と茂っている。ローエン士官学校の傍の木々は葉を落とし、花もほとんど咲いていないのに、島の三分の二に当たる東側の立ち入り禁止区はまるで亜熱帯地方のように緑で覆われている。

「クリムゾン島の謎の一つさ。あの辺りはたとえ雪が降っても決して積もらない。すぐに解《と》けてしまうんだ。地熱が高いという話もある」

高い木々や山もある。森の人はどこに住んでいるのだろう。

「実はここには魔法壁が存在する」

校長は湖を通り越して、森の中央まで近づいた。けれどある地点を境に、進まなくなる。

「ギフトをくれる司祭に会うには、それなりの手続きを取らなきゃいけない理由が分かった？この魔法壁は魔法ではどうやっても破れないんだ。古代から存在する特殊なバリアだとワットは言っていたね。森に入るためには特殊な許可を必要とする」

校長は箒の向きを変えて、ローエン士官学校の校舎に向かう。

「あの、ジーク様たちは、箒に乗って逃げたのではないですか？」

校長の腰にしがみついたまま、マホロはふと思いついて言った。逃走ルートが分からないとセオドアが言っていたが、魔法を使える者がいるのだ。箒で海を越えたのではないだろうか？

「陸まで何キロあると思っているんだい。箒でこの島を出てどこかの陸地に辿り着ける魔法使いなんて、いないよ。いや、君くらいの魔力量があればひょっとして？　まぁ、でも無理だね。そんなに長く乗っていられるものではないよ。集中力が保《も》たない」

校長は笑って説明した。箒で飛べる距離はたかが知れていて、十キロが限界だという。いい案だと思ったのに、がっかりだ。

「あとね、マホロ君。君の生い立ちは知っているから無理にとは言わないけど、ジークに様をつけて呼ぶのはやめてくれないかな。大量殺人を犯した罪人だ。君にも敵だと認識してほしい」

困った口調で言われ、マホロはつい下を向いた。ジークフリートを呼び捨てにするのはまだ無理だ。

校長は校舎の傍まで戻ると、ゆっくりと下降していく。地面に足がついて、マホロは安心して箒から降りた。ふらふらする。

「さて。君の居住場所だが、私と同居という形になるよ。何、ノアと違って私は君を襲ったりしないから安心して」

箒をしまい、校長が校舎に背中を向ける。マホロも急いでその後を追った。身体が小さくなったせいか、急いで歩かないと遅れてしまう。

校長は校舎から百メートルほど離れた場所に建つ、教員宿舎に住んでいる。横に細長い木造で、それぞれ独立した玄関を持つアパートメントタイプの建物だ。校長の住まいは一階の一番奥にある家で、玄関前には黒くしなやかな身体を持つロットワイラーが十頭いた。ロットワイラーは校長の帰宅に興奮して吼《ほ》え立《た》てた。アルビオンはガタガタ震えて、マホロの脚の間に隠れる。ロットワイラーはアルビオンを囲み、全身の匂いを嗅《か》いでいる。

「ご苦労。留守中、異常はなかったようだね」

校長はロットワイラーたち一頭一頭を撫で、消していく。ロットワイラーは校長の使い魔だ。役目を終えたのか、煙と共に消えた。マホロ以外は皆、自分の都合で使い魔を出したり消したりする。使い魔は主《あるじ》の生気を吸うので、必要がないなら、しまっておいたほうが楽らしい。

「あの、俺のアルビオンもしまったほうがいいのでしょうか？」

マホロは足元できゃんきゃん吼えているアルビオンを見下ろし、尋ねた。

「いや、どんな敵が現れるか分からないし、通信手段としても使い魔は有効だからそのままでいいよ。君が遠い場所にいても、アルビオンさえいれば連絡がとれるしね」

ドアを開けながら校長が言い、マホロはへーっと感心して足元に目をやった。

「さぁどうぞ」

校長が中へ案内してくれる。校長の宿舎はキッチンを併設した広いリビングと寝室という二部屋の造りだった。料理をするようで、キッチンにはオーブンもあるし、鍋やフライパン、お皿を収納する棚があった。寝室にはあらかじめ用意されたベッドが二つ並んでいる。

「この部屋に入ったら仮面がとれるように設定しよう。顔も洗えないんじゃ、大変だしね」

校長はそう言って杖でマホロの仮面をこつんと叩いた。マホロが仮面を動かすと、すんなりとれる。仮面はとれたが、体形は変わらないし黒髪のままだ。

「本来は男女で同室はどうかという話だが、君は今十歳の子ども。問題ないね。まぁ真の姿でも君が女性を押し倒している姿は想像しにくいなぁ」

校長にさらりと言われ、マホロはずーんと落ち込んだ。男として見られていないなんて、自分は腑甲斐《ふがい》なさすぎるのではないだろうか？　これまで好きな女の子もいなかったし、性的な妄想もほとんどしたことはないけれど……。それが原因だろうか？　年頃の男として、どこかおかしいのかも。

「ああ。ごめん。少し言いすぎた。けど君が男っぽくないのは仕方ないよ。光魔法の一族は皆、そういう感じらしいから」

校長はケトルを火にかけ、棚からクッキーの缶を取り出して笑う。

「え……？」

マホロは目を丸くした。

「ワットに光魔法の一族に関する文献を見せてもらってね。そこに男女の性差がないという一文があったのさ。寿命が短いことや、地下でしか暮らせないことと関係するのかもしれない。人というより、精霊に近い存在なのではないかとワットは言っていた」

マホロはぽかんとして校長を見やった。何だかすごく重要な発言を聞いたような……。

「光魔法の一族は自分たちと同じ一族か、闇魔法の一族としか結ばれないって聞いたかい？　それを聞いてノアの態度が変わるかもと思ったけど、見た感じ変わらなかったね。ノアは君を愛しているようだ。あの子のことは小さい頃から知ってるから、とても驚いたよ。人を愛する心なんて一生分からないだろうと思ったのに」

沸いた湯で二人分の紅茶を淹《い》れ、校長が微笑む。

「愛……」

マホロは赤くなり、椅子に座った。椅子に座ると足がつかない。ジャスミンの香りがする紅茶を飲みながら、皿に分けたクッキーを摘む。校長は孫を見るような目でマホロを見る。

「愛は人を変えるね。君は、どうなの？」

クッキーは口の中でほろほろと溶けていく。マホロはよく分からなくてうつむいた。

「ノア先輩は好きです……けど、愛とかはよく分かりません」

マホロが自分の素直な想いを打ち明けると、校長が明るく笑う。

「あの……皆がノア先輩を壊れた人間みたいに言うんですけど、それってギフトをもらったせい、なんですか？　お母さんのことがショックで、とか」

マホロは前から気になっていた質問をした。母親を失ったショックで、ノアは人としての感情が欠落してしまったのかと思ったのだ。

「私が彼と初めて会ったのは、彼が十三歳の時だから、いつからああなったかは知らない。ひょっとしたらその経験がトラウマになったのかもしれないね」

「ノア先輩のお兄さんもギフトをもらったんですか？」

何げなくマホロは尋ねた。ノアが連れていかれたなら、ニコルも同じように連れていかれただろうと考えたのだ。すると校長の顔から表情が消え、ややあって困ったように眉を寄せた。

「それはノアの前で口にしてはいけないよ？　ニコルはギフトをもらっていない。セオドアは、とある事情があってノアだけを連れていったんだ」

校長が声を潜めて意外な事実を告げた。ノアだけ、連れていかれた？　理由が分からなくて、マホロは目が点になった。ノアの父親はノアにだけ特別な力を授けたいと願ったのか。ノアに素質を見出《みいだ》したのだろうか？　大事なものを失うと分かっていても、ノアにギフトを授けようとした理由はさっぱり分からないが、校長がそれ以上聞くなという態度になったので、マホロも口を閉ざした。

「ところで君にはハーブ畑の管理を頼みたい」

クッキーを食べ終えると、校長は椅子を鳴らして立ち上がり窓際に歩み寄った。教員宿舎の裏側にはハーブ畑が広がっていた。ミントやタイム、オレガノが育っている。マホロはボールドウィン家で庭の花や木の手入れをしていたので、植物に関する知識はある。

「魔法薬に使うハーブだよ。多種多様の植物があるから、ここにある書物で調べてくれ」

校長は本棚の一角にあるハーブに関する書物を取り出す。

「私が傍にいない時は、使い魔が君を守るよ。何かあったら使い魔に話しかけてみてくれ。私にも伝わるから」

校長は杖を取り出し、ロットワイラーを二頭呼び出した。二頭はマホロとアルビオンの匂いを嗅ぎまくり、床に伏せる。アルビオンはロットワイラーが怖いのか震えている。

「さっきはアルビオンを出しっぱなしにしたほうがいいと言ったけど、一応しまい方と呼び出し方を教えておこうか」

校長が杖を手に、にっこり笑う。マホロは目を輝かせて、椅子から下りた。

「俺、杖を持ってないんですけど」

「君なら杖なしでも大丈夫。指先でアルビオンの頭を二度叩く。使い魔よ、ご苦労様。私の中に戻りなさい、ってね。正確じゃなくてもいいよ、使い魔が戻らなくちゃいけないんだなと納得するようなことを言えば」

　校長に指導されて、マホロはアルビオンの頭を指先で二度叩いて、同じフレーズを繰り返した。するると煙が起こり、アルビオンが消える。

「今、アルビオンは俺の中にいるんですか？」

　不思議な感覚に戸惑いつつ、マホロは校長を振り返った。

「そうさ。呼び出す時は、使い魔アルビオンよ、馳《は》せ参《さん》じよ、と」

　マホロは宙に向かって手を伸ばし、「使い魔アルビオンよ、馳せ参じよ」と告げた。とたんにアルビオンがどこからともなく現れ、嬉しそうに尻尾《しっぽ》を振る。

「使い魔ができることは使い魔に任せたほうが魔力の節約になるよ。皆が使い魔をふだん出していない理由は、その間に魔力を充電しているようなものだからさ。君ほど魔力を持っていないから、そのほうが楽なんだ。でも君の場合は恐ろしいほどの魔力量を持っているからね、出しっぱなしにしておいたほうが、逆に暴走を阻止できる」

　校長の説明にマホロは納得した。

　とにもかくにも、クリムゾン島での暮らしが再開した。

　これからどうなるか分からないが、良い方向に進むといいとマホロは願ってやまなかった。

一月の半ば、ローエン士官学校に学生が戻り、再び学校生活が始まった。

マホロは校長に頼まれた雑事をこなし、暇な時はハーブ畑の手入れをした。校内を歩いていると仮面を被った子どもの姿は目立つらしく、学生や教師から奇異な目で見られた。マホロは校長に言われて、裾を引きずるような黒いワンピースに黒いとんがり帽子を被っている。古《いにしえ》の魔法使いがこんな格好だったそうだ。校舎では時おりザックを見かけた。ザックにはマホロの正体を知らせていないので、向こうは気づいていない。話しかけたいなぁと思うが、正体を隠すからこそここにいられるのだと思い直し、我慢した。

ノアは時々もの言いたげな視線を送ってくる。常にノア様親衛隊がまとわりついていて、黄色い歓声が聞こえてくるので、どこにいるかすぐ分かる。ノアは校長との約束を守り、マホロに話しかけてこない。

問題はオスカーだ。正体を知らせる前に、陽気に話しかけられて焦った。マホロが無言で廊下を走って逃げだすと、「待て、待てー」と笑いながら追いかけてくる。こっちはアルビオンと一緒に必死に逃げているのに、呆気なく追いつかれて、抱っこされた。オスカーはマホロを高く持ち上げ、笑っている。校長の使い魔であるロットワイラーは、何故か助けてくれず、後ろ脚で耳の裏をかいて見守っている。

「ねぇねぇ君、何で仮面つけてるの？　その下の顔が見たいなぁ。絶対可愛いでしょ、ねぇねぇ。ちょっと見せて。俺の勘は外れないから」

マホロを抱き上げながら、オスカーがしつこく言い募る。しかも強引に仮面を剝がそうとしてきて、身の危険を感じた。

「おい、嫌がっているだろう。やめろ」

助けてくれたのはレオンで、顰《しか》めっ面《つら》でオスカーの腕からマホロを引き剝がしてくれた。レオン・エインズワースは水魔法の一族で、成績優秀者のプラチナ3の一人だ。背の高いがっしりした肢体に金髪、青い目の持ち主で、真面目で規則に厳しいと定評がある。

「行っていいぞ」

レオンが背中に匿《かくま》ってくれて、マホロはぺこりと頭を下げてその場から逃げ去った。その一週間後、校長がノアと一緒にオスカーとレオンを校長室に呼び出し、マホロの正体を明かした。

校長室は大きなデスクと、応接セット、書棚があるごく普通の部屋だ。窓際には観葉植物がずらりと並んでいるが、怪しい魔法具は一切見当たらない。日差しがよく入る部屋で、今日も明るく、日の光だけで部屋が暖かい。

「あー、何だ、マホロだったの？　先に言ってくれればよかったのに。そういや変身させるって言ってたっけ。その仮面、ぜんぜん剝がれないと思ったら校長の魔法だったんだ？」

オスカーは校長の隣にいるマホロを見下ろし、手を叩いてひとしきり笑った。

「オスカー先輩は、怖い人です……」

マホロは身を縮めて呟いた。

「お前、こいつに何をした」

ノアは不審げな目をオスカーに向ける。マホロがやたらとオスカーの視線を避けようとしているのを見て、何かあったと察している。

「そうだったのですか、敵を欺くには身内から、というわけですね」

レオンは合点がいったように、頷いている。

「レオン先輩はいい人です……」

マホロは尊敬の眼差しでレオンを見上げた。レオンは以前もいろいろ助けてくれたし、気にかけてもらっている。

「え、俺は？　俺もいい人だよ？　可愛い子には優しいよ？」

オスカーは自分の評価が気になるらしく、しゃがみ込んでマホロに執拗《しつよう》に話しかける。その襟首をノアが摑み、マホロから引き離してくれた。

「三人を呼んだのは他でもない、森の人に会いに行く許可が下りた。二月三日の満月の夜、出発する。目的は司祭と呼ばれる人物に会い、ジークフリートの情報を入手することと、マホロ君が光魔法の一族かもしれないので、それについて調べることだ。私とマホロ君はメンバーに入っている。あとは軍から兵士が数人、護衛として同行する。君たち三人とも、同行の許可が下りているが、参加するかどうか聞きたい」

校長が咳払いをして、切り出す。マホロは背筋を伸ばした。とうとう例の場所に行くのか。どんなことが起こるのか、不安だ。

「待ってました、俺は絶対参加だよ！」

オスカーが挙手して言う。ノアは腕組みして、不機嫌を隠さない。レオンは戸惑うように校長を見ている。

「ちなみに何故君たちを同行させるかというと、許可を下さった女王陛下から学生も連れていきなさいとのお言葉を賜ったからだ。この学校で優秀な三人を選出するのは当然だね。ノアに関しては、一度行った経験もあるので前から頼んでいた。オスカーは行くそうだが、ノア、レオン、君たちはどうする？」

校長はノアとレオンを見やり、返事を待つ。レオンはノアが森の人のいる地区へ行ったことがあると知り、驚いていた。ノアはレオンの視線をうっとうしそうに手で払い、目を眇《すが》めた。

「俺は二度とあそこには行かない。あの司祭の顔を見たら、問答無用でぶっ殺すかもしれない」

ノアはそっぽを向き、尖《とが》った声を出す。それは怖い。

「……ギフトの話は俺の一族にも伝わっています。クリムゾン島には司祭がいて、ギフトと呼ばれるすごい力を与えてくれると。実際に行った人から話を聞いたわけではないので、今までおとぎ話みたいなものだと思っていました。真実なのですね？　ノア、お前はどんな力を得たんだ……？」

レオンがわずかに咎《とが》めるような口ぶりになった。ノアは冷徹な表情でそれを無視している。

「行くのは構いませんが、目的はギフトを得ることではないのですよね？」

レオンは慎重な態度で聞く。それを聞いたとたん、ノアが鼻で笑った。

「馬鹿か。司祭に会って、お茶だけ飲んで帰れるとでも思ってるのか？　会ったら問答無用で渡される。ギフトは拒否できない。現に俺は、いらないとはっきり奴に言ったんだ。それなのに無理やり渡された。その場にいることが重要なんだ。その場にいる限り、勝手に付与される。そしてその人にとって一番大事なものを奪っていく。人の命だって奪うぐらいだから、呪いのプレゼントと言い換えるべきだ」

ノアは悪し様に言う。レオンが怯《ひる》んだのを見て、ノアはいっそういきり立った。

「女王陛下が何で俺たちを連れていけって言ったのか、察しろよ。女王陛下は、俺たちに何を犠牲にしても敵に対抗するための能力を身につけろって言ってるんだろ。くだらないね、国のためならそうして当然だと思っている。俺は絶対にごめんだ」

怒鳴りこそしなかったが、ノアはまくしたてるようにレオンや校長、オスカーに向かって言った。深く憤《いきどお》っているのが伝わってきて、マホロは心配になってその腕に手を重ねた。

「本当にこいつを連れていくのか？　こいつにまでギフトを渡されたらどうする？」

ノアはマホロの身体を抱き寄せ、校長を睨《にら》みつける。

「うーん、マホロ君に、か……。何となくだけど、それはない気がするなぁ。感覚的なものなので断言はできないけど、オスカーとレオンは渡される気がする。これまでギフトをもらった面子《メンツ》を思い出すと、何か共通のものがある気がするんだよね。一つ目は魔法回路を持っていること、二つ目にどこか尖った性質を持っていること」

校長はノアやオスカー、レオンの顔を見やり、説明した。校長はギフトをもらっていない。尖った性質がなかったのだろうか？　そもそも尖った性質とは？　レオンはギフトを渡されるかもしれないと言われ、考え込んだ末に首を横に振った。

「だとすれば俺は不参加です。司祭の話は聞いてみたいが、リスクを冒す気はない。俺は家族が大事だ。ギフトを得るために誰か死んだりしたら……一生自分を許せない」

レオンはレオンらしい理由で拒否した。ノアの顔つきがわずかに弛んで、内心安堵しているのが伝わってきた。ノアとレオンは仲が悪いと言われているが、それは表向きだけで、本当は信頼し合っている。

「オスカー、お前は家族に何かあったらどうするつもりだ？」

レオンが厳しい目をオスカーに向ける。

「俺は多分、家族を失わない」

オスカーは明るく言い切った。びっくりしてマホロたちが注視すると、オスカーはふっと表情を消す。

「家族は好きだよ？　でも、命を懸けてもって、ほどではない。冷たく聞こえるかもしれないけど、そこまで家族に対する愛情はないかな。ああ、グランマはひょっとして死ぬかも？　でもグランマはもういい歳だし、孫のために死ねるなら本望だろ」

――マホロは一瞬息ができなくなって、後ろにいたノアに寄りかかった。オスカーの言っていることが理解できなかったのだ。オスカーは明るくて優しい好青年だと思っていたが――どこか、おかしい。どこか、壊れている。

「おっと、こういうこと言うと引かれちゃうんだよね。気をつけないと。まぁ、そんなわけで、むしろ俺の大事なものとやらが何なのか知りたいくらいだよ」

オスカーは平然と話している。博愛主義であるがゆえに、一つのものに固執できない――マホロはそんな印象を抱いた。

「そこまで言うなら止めないが……」

レオンも呆れたように匙《さじ》を投げる。

「じゃあ、とりあえず私とマホロ君とオスカー、あとは護衛の兵士が数人つく感じかな。夜出発して、すんなりいけば司祭のところには三日くらいで着く。往復で一週間ってところか。逆に言うと、それ以上かかっても辿り着けない時は、拒否されているので諦《あきら》める。出発前には睡眠を十分とっておいてくれ。杖と剣は忘れないように。森の人が暮らしている辺りへ行く間に、危険な箇所も多いから。竜の巣もある」

校長が手を叩くと、マホロは緊張して肩に力が入る。ノアが一緒じゃないのは心配だが、校長がいるなら大丈夫だろう。ふとノアを見上げると、心配そうに見つめられた。

「……」

ノアは悩ましげに流麗な眉を指で擦る。もう少しノアと話したかったが、校長に背中を押されて部屋から追い出された。先に帰れという意味だろう。マホロは大人しくアルビオンとロットワイラー二頭と一緒に校長室を離れた。

昼休みだったので、廊下を歩いている途中で学生とすれ違った。マホロは小さな脚を素早く動かし、人のいないところへ急いだ。自分の正体がうっかりばれたら、また学生たちを危険な目に遭わせるかもしれない。それだけは絶対にしてはならないことだ。

ふと聞き慣れた声がして渡り廊下から中庭を見ると、ザックが杖を振りかざして魔法の練習をしていた。懸命に練習するその姿に胸を打たれ、マホロは拳《こぶし》を握った。

ジークフリートの一件で、魔法石が激減し、ローエン士官学校に配給される魔法石もかなり減らされたと聞く。自分にも責任がある気がして、マホロは胸が苦しかった。

（落ち込むのはやめよう。自分にできることをする）

マホロはともすれば沈みがちな心を奮い立たせた。

午後はハーブ畑の手入れをし、夕方になると料理の本を読んで初めてキッシュを作ってみた。

カフェテリアは教師も利用できるので、料理が苦手な教師は学生たちと一緒に食事をしている。

校長は料理が趣味で、キッチンにはたくさんの香辛料や調味料が揃っている。自分にできることをするのが今のマホロの生き方だ。

「初めてにしちゃ、上出来じゃないか」

辺りが宵闇に包まれた頃戻ってきた校長が、マホロの作ったキッシュを見て、にっこり笑う。

パイ生地にベーコンとほうれん草、チーズを載せてこんがりと焼き上げた。十歳の姿に変えられてしまったので、料理はもっぱら台に乗ってこなした。

校長とテーブルを囲み、焼き立てのキッシュを食べながら雑談に興じた。

「あの、校長」

マホロは摘んできたミントで淹れたお茶を差し出し、上目遣いで校長を見上げた。

「何かおねだりかい」

キッシュを頬張りながら、校長が微笑む。

「俺……魔法を使うのは無理なんでしょうか？」

マホロは思い切って尋ねてみた。昼間ザックが魔法の練習をしているのを見て、自分も何かしなければという気になった。学生だった頃、何度練習しても上手く魔法を使えなかったが、それでも向上させるべく努力をすべきではないかと思ったのだ。

「無理なことはないよ。君の中には魔法の威力を増幅させる石が埋め込まれている。コントロールという意味では、少し難しいかもね。でももし君が光魔法の一族なら、一族ならではの魔法がすでに使えるはずだ」

校長は皿を空にして、汚れた口元をナプキンで拭《ふ》く。

「そもそも君がボールドウィン家の一員だと誤解してしまったのも、そこにあるんだよね。実はあまり知られていないが、光魔法と闇魔法の一族は、すべての魔法を使いこなす力を持っている」

「えっ⁉」

マホロはびっくりして目を見開いた。そんなオールマイティな一族だったのか。

「入学試験の際に精霊を呼び出させるだろう？　それを審査官が見て、魔法回路があると判断して入学許可を出す。私たちは君が土の精霊を呼び出したのを見て、ボールドウィン家の血筋だと判断した。ジークフリートに関してもしかりさ」

そう言われてみると、ジークフリートの正体がばれなかった理由が分かる。

「そんな、じゃあ無敵じゃないですか……」

マホロは戸惑いを隠しきれなかった。五名家よりも、光魔法と闇魔法の一族のほうがはるかに強いことになってしまう。

「そうでもないよ。実は弱点もある。光魔法の一族は寿命が短い。そして闇魔法の一族は一子相伝なんだ」

意味が分からなくて、マホロは目を丸くした。一子相伝……？

「子どもが生まれると、親から魔法回路が消えてしまうのさ。だから闇魔法の一族は子どもを作るのに慎重になる。ジークフリートの父親であるアレクサンダーは追いつめられて先はないと諦めた時に子どもを作ったのだろう。光魔法と闇魔法の一族の数が少ないのには、そういう理由もあるんだ。特に闇魔法の一族は繁栄は望めないと分かっているから、残虐な事件を起こす者が多い」

知られざる生態を聞かされ、マホロは暗い気分になった。どちらの一族も生まれながらに生きるのに枷《かせ》がついている。

「ジークフリートの育ての親であるサミュエル・ボールドウィンはどこで君たち光魔法の一族と接触したのか、何故特殊な石を埋め込んだのか、謎はたくさんある。彼らは君の心臓に埋め込まれた石を賢者の石と言っているようだが、私は信じていない」

マホロは無意識のうちに胸の辺りに触れた。この身体に埋め込まれた石は、一体何なのだろう。

「そんなわけで君は光魔法が使えるはずだが……。これに関しては私も知識がない。教えたくても、さっぱりさ。だが他の魔法も使えるはずだから、諦めなくていいと思うよ。努力する子は好きさ。君が学ぶべきは力のコントロール。それさえクリアできれば、魔法を使えるはずだ」

校長はミントティーの香りに目を細めながら、断言する。

「コントロール……」

それが一番の問題だ。使いたくなくても、大きな力が放出されてしまう。

「実はそのためにハーブ畑の手入れを任せたんだ。君は毎日丹精込めて育ててくれればいい。それがコントロールに繋がるきっかけになるはずだから。植物の成長していく感覚を肌で感じなさい」

校長は意味深に笑って二杯目のお茶をねだる。よく分からないが、ハーブ畑の手入れが魔法をコントロールする方法に繋がるなら、これからはもっと気合を入れようと思った。

「それにしても、ノアは行かないのかなぁ。オスカーだけを連れていくのは不安なんだよね。彼はこの世でもっとも頼りにならない男だからね」

ため息をこぼして校長が呟く。

「オスカー先輩……頼りにならない、ですか?」

何となく理解できて、マホロは苦笑した。キッシュを二つ食べたらもうお腹《なか》いっぱいになってしまった。

「あいつは無理だね。っていうか風魔法の一族がね……。特にオスカーは一族の気質が色濃く出ている。あの風船男を地上に繋ぎ止めてくれる人がどこかにいないかと、願っているところさ」

校長の嘆きに、マホロは顔を曇らせた。確かにオスカーの家族に対する感情は、どこかいびつだった。五名家に生まれ、何不自由なく暮らしてきて、魔法も使えて――それなのに、どうしてあんなふうになるのだろう。ノアもそうだが、オスカーも知れば知るほど理解できなくなる。

「プラチナ3って変な人ばかりですね……。レオン先輩はいい人ですけど」

「ははは。レオンも癖は強いけどね。ノアとオスカーは似てるから一緒にいられるんだよ。でもノアは――変わった。君に会って」

校長が微笑む。

「そう……ですか？」

マホロはぽっと頬を赤らめた。

「ずいぶん、人間らしくなった。愛を知ると人は変わるね。あの洞窟でノアが君を連れて逃げようとしたと知り、私はかなりびっくりしたもんだよ。結果がどうなるか分かっているのに、それでも突き動かされたんだろう。……いいねぇ、青春だね。若さが羨《うらや》ましい」

テーブルに頬杖をついて、校長がふふふと軽やかに笑う。

「ノアは大きなエネルギーを抱えていたけれど、それを向ける先を見出せずにいた。ノアがギフトを渡された理由は案外君にあるのかもしれないなぁなんて思ったりもしたよ。セオドアをかなり恨んでいたけど、今は君を守る力を持っていることを喜んでいるんじゃないかな」

マホロはどう答えればいいのか分からず、曖昧《あいまい》な笑みを浮かべた。

「――司祭に会うのは、私も緊張するんだ。そこへ行くまでに関してもね。何が起こるか分からない……。やっぱりノアを連れていきたいなぁ」

校長は独り言のように繰り返し、汚れた皿をキッチンに運んでいった。マホロは複雑な思いでいっぱいだった。ノアが嫌なら行かないほうがいいとマホロは思う——司祭に会うと、一体何が起こるのだろうと、恐れるような思いでいっぱいだった。


ハーブ畑の手入れが魔法のコントロールに繋がると聞き、マホロはさらに丹精込めて植物を育てるようになった。土を触るのはもともと好きだったので、仕事は苦ではない。クリムゾン島は冬でも暖かいので植物は育っている。いくつかのハーブを摘み取り、精製する仕事も任されるようになった。

「うん、だいぶ育ってきたね。じゃあ、少し魔法のコントロールを覚えようか」

ハーブ畑を眺めながら、校長が杖を取り出して言った。杖には魔法石が嵌《は》められておらず、ただの枝にも見えた。

「君に魔法石は必要ないだろう。呪文ではなく、シンボルを描くやり方で魔法を使ってみなさい。これは風魔法の風切りのシンボルだ。大雑把に言うと、呪文を唱える方法とシンボルを描く方法の違いは、精霊の力をどれだけ借りるかというものだ。シンボルを描く方法は魔力を多く消費するので、ふだんは学生には教えないんだ」

校長は地面に枝で風魔法の風切りを表すシンボルを描いた。波のような模様に横に一文字を描く。

「これでその日に必要な分のハーブを切り取ってくれ。必要ないハーブを切ってはいけないよ？　君が丹精込めて手入れしているハーブたちだ。愛情を持ってやってみてくれ」

校長にそう言われ、がぜん緊張してきた。まずは群生しているミントでやってみなさいと言われ、おそるおそるミントの前でシンボルを描く。するとたくさんのミントがいっせいに切り取られ、地面に舞った。

「まだまだ強すぎる。でも、この調子ならいけそうだね。身体が小さくなったせいか、以前よりいい感じだ。今日からハーブは、この魔法を使って摘みなさい。このハーブ畑は君が水を与え、肥料を与えている。無限にあるわけではないよ。全部消えたら、また種を蒔いて、育つまで一からやり直しになる。それを肝に銘じて」

校長に肩を叩かれ、マホロは大きく頷いた。

その日から、畑のハーブは魔法を使って摘むことになった。どうしても必要以上のハーブを切り取ってしまい、手入れをしながら申し訳ない気持ちになった。肥料を足したり、水を与えたりしていると、植物に愛情が湧く。明日こそは必要な分だけを切り取ろうと決意も新たにした。

「この紙に書いているハーブを、厨房《ちゅうぼう》のダニーに届けておくれ」

一月の終わりの日、校長に頼まれ、マホロはシンボルマークを描いてハーブを切り取った。ハーブへの愛情のおかげか、今日はだいぶ上手くいった。呪文を唱えるよりよほどいい。上機嫌で籠《かご》にハーブを集め、厨房に向かった。

　校舎や寮の近くを歩いている時に知っている学生の顔を見ると、少し寂しくなる。学生でいる間にもっと楽しめばよかったと後悔した。

　厨房のダニーにハーブを届け、寮の廊下を歩いていた時だ。荒い息遣いが背後からして振り返ると、獰猛《どうもう》な面構えのピット・ブルがいた。平べったい顔で、手足は短いが気性の荒い犬だ。ノアの使い魔だと思い、マホロは近づこうとした。

「グルルル……」

　手を伸ばそうとしたとたん、ピット・ブルは牙を剝き出しにして飛びかかってくる。びっくりしてマホロは回れ右して駆けだした。二頭のロットワイラーはマホロについてきたが、アルビオンはピット・ブルの勢いに毛を逆立て、マホロとは逆方向に走り去ってしまう。

「ひっ」

　マホロは悲鳴を吞み込んで、全力疾走した。ピット・ブルは涎を撒《ま》き散《ち》らしながらマホロをすごい勢いで追いかけてくる。嚙まれる！　と青ざめ、マホロは必死になって逃げた。守ってくれるはずのロットワイラーは一緒に走っているだけで、何もしてくれない。学生の部屋が並ぶ廊下を駆け抜けると、ピット・ブルが迫ってきて、慌てて角を曲がる。

（何で⁉）

　ノアの使い魔なのにどうして自分を追いかけてくるのかと焦った瞬間、右側にあるドアが開いて腕を引っ張られた。滑り込むようにロットワイラーも部屋に飛び込む。

「ひえっ⁉」

強引に部屋に連れ込まれ、絨毯《じゅうたん》の上に転がる。慌てて顔を上げると、ノアがにやりとした。続いてピット・ブルが入ってきて、ノアの前で嬉しそうに尻尾を振る。ノアはすぐにドアを閉めると、ピット・ブルの頭を撫でた。

「ありがとう、ブル。よくやった。もう戻っていいぞ」

ノアは杖でピット・ブルに軽く触れる。使い魔は煙と共に消え、マホロは絨毯に転がったまま呆然とした。

「え……？」

何故自分はノアの使い魔に追いかけられたのか。まさか、ノアがわざとけしかけたのか。

「やっと二人きりになれた」

ノアはマホロを抱き上げ、悠々とベッドに連れていく。ここはノアの部屋なのだ。プラチナ3のノアは、個室を使っている。マホロが暮らしていたような相部屋ではなく、浴室や小さなキッチンがついた独立した部屋だ。大きな寝台が置かれていて、ノアは当然のようにそこにマホロを下ろした。

「ひどいです、ノア先輩」

ピット・ブルに嚙まれるかと焦った自分に謝ってほしい。マホロが怒って言うと、ノアは笑いながらマホロの仮面を引き剝がそうとした。

「悪い、悪い。うん？　何だ、これ。外れない」

ノアはマホロの顔に張りついた仮面を強引に引っ張る。魔法がかかっているので、仮面を引っ張られると、マホロも痛い。それまでくつろいでいたロットワイラーが、仮面を剝がそうとするノアに向かって吼え立てた。

「痛い痛い、ノア先輩、痛いです！」

力業《ちからわざ》で仮面を剝がそうとするノアに、マホロは悲鳴を上げた。マホロが痛いと知って、ノアが仕方なく手を離す。

「外せないのか？　お前の顔が見たいのに」

ベッドに腰を下ろし、ノアが不満そうに顔を顰《しか》める。マホロは仮面が壊れていないか確認しながら、我慢して下さいと呟いた。

「校長の許可がないと……ひえっ」

膝に抱っこされ、マホロは引っくり返った声を上げた。ノアの膝の上に座らされ、頭の上にノアが顎を載せてくる。

「校長の宿舎で暮らしているんだろう？　日中は何をしているんだ？　授業を抜け出して、今度忍び込んでもいいか？　開かずの間で会えるのはいつなんだ？」

マホロを腕の中に閉じ込め、ノアが質問攻めにする。

「あのー……校長の使い魔がいるので、さぼったらすぐばれると思います……」

マホロはノアの膝の中でもじもじして、答えた。二頭のロットワイラーはベッドの傍で伏せをして、じっとマホロとノアを監視している。そういえばアルビオンはどこへ行ってしまったのだろう。

「質問に答えろ。開かずの間でお前と会えるのはいつだ？　二週間に一度は許してくれるんじゃなかったのか？」

ノアは不満そうにマホロを後ろから抱きしめてくる。

「えーっと、忙しいので、戻ってきたらって……」

マホロはノアのぬくもりを感じながら、小声で言った。

「何だかんだ理由をつけて、俺と二人きりにさせないつもりだな。それならこうして、強引にお前を部屋に連れ込むだけだ。とはいえ、この格好じゃお前らしさがほとんどないじゃないか。身体は小さくなっているし、髪も黒いし。何より仮面が。まぁ、肌触りは同じだな」

マホロの服の裾をまくり、素足に触れつつノアが言う。

「ひゃああ、や、やめて下さい！　ノア先輩、俺、今小さい子なんですよ？」

この身体にノアが触れてくるとは思わなくて、マホロはじたばたした。小さくても手を出すと言ったのは、冗談だと思ったのに。ノアはマホロの素足を撫で、太ももの辺りまで服をまくってくる。

「もともとお前ちびだろ？　今、どうなってるか見せろ」

ノアは平然とマホロの下着に触れ、軽く揉んでくる。大事な場所を揉まれ、マホロはノアの手を上から阻止するように握った。小さくなっているので、ノアの手がやたら大きく感じる。

「ノア先輩は変態です……っ」

マホロは涙目でノアの手を制した。

「小児性愛の趣味はないけど、お前の身体なら触りたい。触り心地は同じだし、白さも同じだ。匂いも同じだな」

ノアはそう言いながら、マホロのうなじに鼻を押しつけた。小児性愛の趣味はないと言っていた通り、尻の下にノアの下腹部が押しつけられているが、そこに変化はなかった。けれどノアはマホロの首や肩にキスをして、下着越しに性器を刺激してくる。

「ノア先輩、俺、戻らないと……」

ノアに腰を抱えられ、マホロは足をばたつかせて訴えた。子どもの身体なので床に足はつかないし、抵抗してもノアの身体から抜け出せない。そうこうするうちに触られて気持ちよくなってきて、マホロは息を荒らげた。

「キスしたいな……。仮面越しじゃ、お前の表情が分からない」

ノアは形を変えたマホロの性器を下着越しに擦り、残念そうに呟く。息が乱れて、マホロは時おり小刻みに腰を揺らした。

「ノア先輩……、やだ」

こんな小さい身体でも感じている自分が恥ずかしくて、マホロは上下に動くノアの手を押しのけようとした。下着の中で性器が硬くなり、濡れているのが分かる。

「嫌？　濡れてるのに？」

耳元でノアがわざとらしく囁く。マホロは仮面が息苦しくて、力なく首を振った。ノアは空いているほうの手を衣服の中に滑り込ませてきた。腹から胸にかけてノアの手が這っていく。その指先が乳首に到達し、戯れるように弄《いじ》ってきた。

「ふ……っ、は、ぁ……っ」

指先で乳首を弾かれ、マホロはびくっと身体を揺らした。ノアはマホロの耳朶《じだ》をしゃぶりながら、乳首と性器を同時に愛撫してくる。

「や……っ、ぁ、あ……っ」

最初は抵抗していたのに、どんどん気持ちよくなってきて、押さえつけている手に力が入らなくなった。ノアが手を動かすと、下着が濡れていて、いやらしい音が響くようになった。それが恥ずかしくて、涙が滲《にじ》んでくる。

「首まで赤くなってる。顔が見たいな。今、どんな顔してる？　こんなに小さいのに、ここを勃《ぼっ》起《き》させて……乳首も感じるようになった」

吐息が耳朶にかかって、マホロはくすぐったくて身をよじった。ノアの手がしこった乳首をぎゅーっと引っ張ると、ぞくぞくっと背筋が震えるくらいの快楽が走った。

「やだ……、言わないで、下さい……」

マホロがうつむいて涙声になると、ノアが薄く笑いながら乳首をコリコリと指先で摘む。

「感度がよくなってるな。小さくてもいいから仮面を外してほしいよ。これをつけてると、お前としている感じが薄れる」

ノアは仮面に顔を擦りつけ、わざと濡れた下着を擦る。何度も身を震わせ、マホロは羞恥《しゅうち》で尻を蠢《うごめ》かした。このままこの姿で達してしまいそうだった。これ以上触られると、本当にまずい。

「ノア先輩……、本当に……許して」

マホロが小声で言うと、ノアが笑って下着に手をかける。そのままずりずりと下着を引き摺り下ろされ、マホロは抗うように下着の端を摑んだ。

「駄目……駄目……」

マホロが懸命に下着を脱がされまいとすると、ノアが面白そうに手を離す。

「そのままイきたいのか？　いいよ」

そう言ってマホロの片方の太ももを抱え上げ、下着越しに、乱暴に性器を扱《しご》き上《あ》げる。止める間もなく性器を擦られ、マホロは荒い息遣いでノアにもたれかかった。

「ノア先輩……っ、や、ああ、あ……っ」

濡れた下着で性器を包まれ、先端の辺りを爪で引っ搔かれる。抵抗しようにも快楽が勝り、マホロはあっという間に絶頂に達してしまった。

「ひ、あ……っ!!」

下着とノアの手の中に精液を吐き出し、嬌声《きょうせい》を上げてマホロは仰《の》け反《ぞ》った。はぁはぁと息を喘《あえ》がせ、マホロはくったりと全身から力を抜いた。どろどろとした液体で下着が汚れ、ノアの手まで濡らしている。

「ひ、ひどい……」

マホロは息苦しさに、胸を上下させた。ノアの手で太ももを撫でられると、それだけで身体が大きく跳ね上がる。

「すごいどろどろだな。こんなに小さいくせに、感じている。見ろ、糸を引いている」

ノアが恍惚として、マホロの下着をゆっくりと下ろした。下着は精液と先走りの汁でぐちゃぐちゃだった。とても直視できない。

マホロは感じているが、ノアは勃起していなかった。ずっと身体がくっついていたから、ノアが性的な興奮を覚えていないのが分かる。ホッとするような、悲しいような複雑な気分だ。

「仮面のせいか、小さいせいか、興奮しないな。でもお前に思う存分触れて、気がすんだ」

ノアはそう言ってマホロを解放してくれた。びしょ濡れの下着をずり上げ、マホロは腰を揺らした。下半身が濡れていて、気持ち悪い。こんな状態で教員宿舎に戻らなければならないなんて。

「ひどいです……」

マホロは仮面越しにじっとりとノアを睨みつけ、ふらふらした足取りでベッドから離れた。早くこの場を去らないと、またノアに身体を弄られてしまう。

「あ、おいまだ行くな」

止めようとしたノアに背中を向け、マホロはふらつきながら部屋を飛び出した。ロットワイラーもマホロの背後につく。運よく廊下には誰もおらず、急いで寮から離れる。これから寮を歩く際には気をつけなければならない。無理やり連れ込まれたら、この身体じゃ抵抗できない。

中庭でアルビオンとようやく再会できた。アルビオンは逃げ去ったのを申し訳なく思っているようで、建物の陰からおずおずとこちらを窺《うかが》っている。二頭のロットワイラーが馬鹿にするような目つきで見ている。使い魔にも強いものと弱いものがいるのだなぁと思いながら、マホロはきゅんきゅん鳴いているアルビオンと宿舎に戻っていった。

5 古の道

日々の雑事に追われているうちに、二月になり、出発の日がきた。勝手な真似をされて怒っていたのでノアとはあれ以来、口をきいていないが、せめていってきますの挨拶くらいはしたいと考えていた。

消灯時間が過ぎて、マホロは校長の魔法で元の姿に戻った。やはり自分の姿が一番だ。手足を大きく伸ばし、鏡の中の自分を確認した。

帽子を被り、迷彩服にボア付きのジャンパーを羽織り、一週間分の食料と水、ナイフや銃が入ったリュックを背負う。けっこう重い。この日のために用意されたブーツを履き、紐《ひも》をきつく縛った。予定では十時に出発するので、それまでに身支度を整えた。

「あのー、校長」

マホロは忘れ物がないか確認している校長に話しかけた。校長は今日は緑色の髪をひとまとめにして、迷彩服に軍で支給される大きなリュックを背負っていた。帽子を目深《まぶか》に被り、いつもより表情が読みづらい。

「ノア先輩と話してから行きたいんですけど」

マホロが窺《うかが》うように言うと、校長が笑った。

「その必要はない」

校長の声の後に、ドアがノックされた。校長がドアを開けると、玄関にノアとオスカーが立っていた。二人とも迷彩服を着て、大きな黒いリュックと長銃を肩にかけている。

「ノア先輩！」

マホロが目を丸くすると、ノアが目を輝かせマホロを抱きしめてきた。そういえば元の姿で会うのは久しぶりだ。

「忌々しいが、やはり俺も行くことにした。お前に何かあったら、心配だからな。俺はもうすでにギフトをもらっているし、あんなことは起こらないだろう……」

帽子をとり、マホロの白い髪を楽しそうにぐしゃぐしゃにして、ノアが言う。ノアもついてきてくれるのか。それなら安心だ。

「ノア先輩、あの、え？」

礼を言おうとするマホロを、ノアが所かまわずキスしてくる。校長とオスカーが見ているというのに、頬を両手でがっしりと摑まれて、深く唇を重ねられた。焦ってノアの胸を押し返す。

「やっぱり仮面がないほうがいいな。俺はお前の顔がけっこう好きみたいだ」

熱烈なキスをしながら、ノアがしみじみ言う。マホロは真っ赤になってノアのキスから逃れた。

「こらこら、少しは人目を考えろよ？　そろそろ出発しよう」

マホロを抱きかかえるノアに呆れて、校長が手を叩く。外に出ると、すでに七名ほどの兵士が整列していた。全員迷彩服で、戦闘用の銃を肩にかけている。その中の一人、他の兵士と違う色の軍帽を被る男が、校長に向かって敬礼した。

「今回、護衛を命じられました。兵長のカーリー・ロナルドです。女王陛下直々に、任務を仰せつかりました」

自己紹介した兵長は垂れ目にそばかす顔の陽気そうな人だ。女王陛下直々に命令を受けたというのは少し驚いた。クリムゾン島の奥地へ行くには、女王陛下の許可が必要だからか。

「ご苦労。行く前に、確認させてくれ。君たち、魔法回路は持ってないね？」

校長は兵士たちの前に進み出て、鋭い目つきで確認する。兵士たちが「はっ」と声を上げ敬礼する。彼らをじっくり観察した後、校長は頷いて「では行こう」と微笑んだ。

カーリーたち兵士が先導して、マホロたちは一列になって演習場へ向かう。マホロは前にノア、後ろにオスカーという位置で進んでいた。アルビオンはマホロのリュックの中に入って、顔だけ外に覗かせている。アルビオンは白いチワワの姿に戻っている。小型犬が必死についてくる姿は不憫《ふびん》だと兵士に言われたのだ。

「楽しみだなぁ」

一番後ろを歩いているオスカーは、まるでピクニックに出かけるみたいに楽しそうだ。十五分ほど歩くと演習場の広場に出た。大砲や射撃訓練をする広場で、一面芝生なので夜道でも歩きやすかった。そこを過ぎるとゲリラ訓練をすることもある深い森になる。マホロは演習場に来るのは初めてで、右も左も分からず、ひたすら前にいるノアの背中を追った。満月なのでそれなりに視界はきくが、やはり夜なので心もとない。マホロは遅れないようにと規則正しく歩いた。それでも二時間も歩いていると、息が切れてくる。森の中は石や枝、枯葉が積もっていて歩きにくい。兵士たちは時おり周囲を気にしながら、前進している。

「わっ」

深い森を進んでいると、突然目の前に巨大な岩が現れた。岩を登ろうにも足をかける場所がほとんどない。大きな岩をすぱっと斬ったような絶壁が視界いっぱいに広がり、面食らう。これは何だろう。

「境界線に着いたね」

校長が岩を見上げて言う。ここが境界線――。

「お願いします」

カーリーが道を譲るようにして言う。

「了解」

校長は前に進み出て、岩の前で杖を取り出した。

「我が名はダイアナ・ジャーマン・リード。ファビアンとダフネの子で、雷魔法と風魔法の一族の子なり。ここに真名を記す。私と以下十名の人の子を通してもらいたい」

校長はそう言うなり、杖で岩山に紋章を描き出した。丸を描いたりジグザグになぞったり、複雑すぎて覚えられなかった。おそらくここが上空から見た時、魔法壁があった場所だろう。向こう側に行くには相応の儀式が必要らしい。

「わぁ……」

岩をじっと見ていたマホロは思わず声を上げた。後ろにいたオスカーも口笛を吹く。岩に一条《ひとすじ》の光が差したかと思うと、いきなり扉が現れたのだ。上部がアーチ型になっているいかめしい扉が、自動的に開く。

「一人ずつ順番に入ってくれ」

杖を翳《かざ》したまま、校長が促す。まず兵長のカーリーが慎重な動作で向こう側に足を踏み入れた。兵士たちはおそるおそるカーリーに続く。けれど最後の兵士が意気揚々と向こう側に渡ろうとした時、いきなり雷に打たれたように仰向けに倒れてしまった。

「君は駄目だ。ここで待機してくれ」

校長が首を振って言う。カーリーは青ざめて手前に倒れた兵士を起こすと、近くの木にもたれさせた。全身が痺れると訴える兵士に、カーリーは「お前は戻れ」と命じている。マホロは胸がドキドキして、緊張感を高めた。向こう側に行くのを許されない人もいるのか。

「君たちも行って」

倒れている兵士を横目に見ながら、ノアがすっと歩いていく。続けてオスカーも。オスカーは向こう側に渡った瞬間、ガッツポーズをしている。マホロは校長に顎《あご》をしゃくられ、そろそろと歩き始めた。

扉を潜ると、全身が痺れるような感覚に襲われた。まさか自分も駄目なのかと一瞬不安になったが、すぐに暖くて優しい光に包まれた。手足の隅々まできらきらした光が行き渡り、何故か大きく胸が震えた。

『おかえり、マホロ』

どこからか声が聞こえて、マホロはきょろきょろした。宙に光の粒がたくさん浮いていて、それらがマホロの身体に集まってくる。光の粒は羽虫のような動きでマホロの周囲をぐるぐる回る。

『やっと戻ってきた』

懐《なつ》かしい声に芳《かぐわ》しい香り、マホロは胸がいっぱいになって目を潤ませた。身体が震えて、咽《のど》が熱くなる。どうして泣きたくなるのかさっぱり分からないのに、この場に立ったとたん、感極まってしまった。この感情はどこからくるものだろう?

「マホロ?」

ノアが驚いたようにマホロの腕を引き寄せる。急いで目を擦ると、扉の向こう側から校長が感嘆の声を上げた。

「本当に君は光魔法の一族なんだね。発光している。すごいスピリットの数だ。鳥肌ものだよ」

校長が眩しげに目を細める。ノアもオスカーも、カーリーや他の兵士たちもマホロを驚愕《きょうがく》の眼差しで見ている。兵士たちにも分かるくらい身体の周囲に光の粒が舞っているらしい。

ノアが不安げにマホロの髪を撫でると、光はすうっと空へと飛んでいった。それと共に、発光は収まった。

さっきの声は何だったのだろう? おかえりと言っていた。やっと戻ってきたと——。

(そういえば……以前はよく、光の渦みたいなものが見えてたんだよな……。門を開けろとか何

とか言ってたっけ)

ふと思い出して、マホロは胸がざわめいた。ここ数年はあまり見なくなったので、すっかり忘れていたのだ。

「さて、最後は私だ。皆、驚かないでくれよ?」

カーリーが扉を越えた後、校長はそう言って扉を潜った。こちら側に足を踏み入れたとたん、校長の髪の色が徐々に変化し、顔つきが変わっていく。

「校長ーっ!!」

マホロはびっくりして大声を上げてしまった。校長の顔にしわができて、白髪《しらが》のおばあちゃんが目の前に現れたのだ。

「こちら側では魔法が使えないんだ。若返りの魔法も、消えてしまうというわけさ」

校長は面白そうに笑って言う。今まで七十歳と言われてもピンとこなかったが、こうしてみると、年相応のおばあちゃんだ。校長がノアの同行を求めていた理由が納得できる。マホロは体力のない自分より、校長が心配になった。お年寄りに無理をさせていいのだろうか。

「魔法が使え……ない?　何故だ?」

ノアが流麗な眉を顰《ひそ》める。

「クリムゾン島七不思議の一つさ。その理由は未《いま》だ判明していない。この島の神が嫌うとか、磁場がどうのとか言う者もいるけどね。試しにやってみるといい」

校長に促されて、ノアが火魔法を使おうとした。けれど呪文を唱えても、何も発動されない。

「……使い魔は消えないんだな」

ノアが杖をしまいながら言った。言われてみると、アルビオンはずっとマホロのリュックから顔を覗かせている。

「ホントだね。何でだろ？　俺のも呼び出してみようか」

オスカーも気になったようで、杖を使って使い魔を呼び出した。オスカーの使い魔はゴールデンレトリバーで、呪文の後に尻尾《しっぽ》を振って登場した。魔法を使えないのに、使い魔は呼び出せるなんてどういうことだろう。

「えっ、使い魔は呼び出せるのかい？」

校長がアルビオンとオスカーの使い魔を見て、驚愕する。校長も知らなかったらしい。

「私がこの地に来たのは二十年前だが、その時は魔法全般が駄目だろうと使い魔を呼び出さなかったんだ。何てことだ。魔法は駄目だが、使い魔はこの地では認められているのか……。ふぅむ。これは一考の価値ありだな」

校長は腕を組んで考え込んでいる。カーリーと兵士も顔を見合わせて何か話し込む。理由は分からないが、アルビオンが消えてしまうのは寂しいのでマホロは助かった。

「さて、立ち入り禁止区に入ったので、あらかじめ言っておこう。ここで見たものや聞いた話は、原則口外してはならない。外で吹聴すると、罰則が科せられると思っておいてくれたまえ。念のため、全員に宣誓してもらう」

校長が厳しい声音でその場にいた全員に告げ、一人一人から「ここで見たもの聞いたことは女王陛下の許可がない限り、他人に明かしません」と言質《げんち》をとる。入るのにも女王陛下の許可がいるし、情報をコントロールしているところを見ると、この国にとって重要な場所らしい。マホロは神妙な顔で頷いた。

「とりあえず先を行こう。兵士は一人減ってしまったが、仕方ない。ここはまだ入り口にすぎない」

校長は使い魔を呼び出せる理由を考えるのを一時やめて、兵士と共に動きだした。七十歳とはいえ、足腰はしっかりしているし、マホロよりも元気そうだ。先ほどまでマホロは少し疲れを感じていたが、今は身体は軽く、足に羽が生えたように軽快に進めた。あの光のおかげかもしれない。

「ジャングルみたいだな」

兵士の一人が辟易《へきえき》したように呟く。扉を潜ったとたん、辺りは背の高い草が首の辺りまで生い茂っていて、それを分け入るように前進するしかなかった。カーリーは星の位置を確認しながら、歩いている。立ち入り禁止区は地温が高いと聞いてはいたけれど、二月の上旬にも拘《かかわ》らず、これだけ緑があふれているのは奇妙に感じられた。

(こっち側には何があるのだろう？)

マホロはきょろきょろと辺りを見渡した。月の光と兵士が持っているカンテラの明かりだけが光源だ。草木は生い茂っているものの、先ほどまでと似たような森の中だった。少し違うのは、木々の葉が時おり揺れて何かの気配を感じさせるくらいだ。鳥か、蛇か、あるいは獣か。

「マホロ、すごいねぇ」

マホロの後ろにいたオスカーが腕を突いて、小声で話しかけてくる。振り返ると、オスカーは興奮した目つきでマホロを見ている。

「さっきの君、とても綺麗だったよ。きらきらして、光の精霊みたいだった」

オスカーは頬を紅潮させて顔を寄せてくる。

「そう……ですか？」

マホロが苦笑すると、オスカーが「んんん」と額を掻く。

「ねぇ、俺——君のこと好きになってもいい？」

目を細めてとんでもない発言をされ、マホロはぎょっとして飛《と》び退《の》いた。こんな場所で何を言いだすのかと冷や汗が流れる。ノアに聞かれたら喧嘩《けんか》になるのではないかと焦ったが、オスカーは小声で告げたので、運よくノアの耳には届かなかったようだ。けれどオスカーがマホロにちょっかいをかけているのは分かったのだろう。不機嫌そうに足を止める。

「おい、おしゃべりせずに歩け」

じろりとオスカーを睨《にら》みつけ、ノアが低い声で牽制《けんせい》する。オスカーは肩をすくめて、何食わぬ顔でマホロから離れた。こっちはドキドキして、心臓に悪い。いつもの軽い冗談だろうが、こんな場所でやめてほしかった。

「どちらの道でしょう」

前方に湖が現れ、その手前で道が分かれていた。湖の周囲は雑草が足首くらいまでしかないので、非常に歩きやすい。校長とカーリーは地図を取り出し、右の道を進もうと話し合っている。

「この水は飲めるんですか？」

カーリーは湖面を覗き込み、校長にこわごわと尋ねている。

「さぁね。怖くて飲んだことはないな」

校長は苦笑して、先を急ぐ。続けて歩きだしたマホロは何げなく湖を見た。すると湖の中央辺りで水飛沫《みずしぶき》が跳ねた。

（何かいるのかな？　魚……？）

じっと目を凝《こ》らしてみると、水面から人の顔がにゅうっと出てきて、腰を抜かしそうになった。

「何、どうし……」

背後にいたオスカーがマホロの身体を支えようとして、ぽかんと口を開ける。水面から顔半分を出した異様な生き物を、オスカーも見たようだ。濡れた緑色の髪に猫のような細い目をした生き物が、湖からこちらを窺《うかが》っている。

「どうした？」

硬直しているマホロとオスカーに気づき、ノアが足を止めたが、その時には湖には何もいなかった。今のは何だったのだろう。化け物だったら怖い。

「今、変なものが……っ、えっと」

オスカーも説明できなくて口ごもる。

「人魚でもいたかい？　ここは異界といっても差し支えないからね。いちいちビビってたら大変だよ」

後ろの騒ぎに気づいた校長が笑いながら言う。あれは人魚だったのだろうか。人間だとしたら、これほど長く潜っているのは確かにおかしい。

「すごいところに来ちゃったな」

オスカーはマホロの肩を叩いて笑う。何となく水際を歩くのが怖くなり、マホロはノアの背後に寄り添った。夜なので見間違えたのかもしれない。そう自分に言い聞かせ、ひたすら前方のカンテラの明かりを追いかけた。


一時間ほど歩くと、道らしきものが現れた。獣道だろうか、踏《ふ》み均《なら》したような跡があり、歩きやすくなった。道は少しずつ勾配になり、やがて石段が見えてきた。石段は山に沿ってカーブを描くように造られていて、ぐるりと大きく回り込むと、景色が一変した。

「一つ目の神殿が見えてきたな」

先頭を歩いていた校長が言う。それと共に壊れた神殿が視界に飛び込んできた。大きくて高さのある円柱が四本、それぞれ崩れた形で残っている。石を積み上げた建物らしきものもあるが、大半が壊れて建物の内部が剥き出しになった状態だった。

「うわぁ……」

マホロは興奮した声を上げた。マホロだけでなく、オスカーや兵士たちも歓声を上げる。クリムゾン島のこちら側にこんなものがあるなんて知らなかった。夜の闇の中で神殿は月に照らされ、白く、くっきりと浮かび上がっている。

「すごいですね、これは古代文明の遺跡でしょうか？」

カーリーは校長に嬉々《きき》として話しかけている。建物の大半は崩れているが、兵士がカンテラで辺りを照らすと、地下に続く階段が見えた。積み重ねられた石と石の隙間には雑草が花を咲かせている。

「古代の神々の墓だという話だ。入るんじゃないよ？　古代の神々に呪われるよ？」

校長は地下へ続く階段を覗き込む兵士に釘を刺す。兵士が慌てて顔を引っ込め、戻ってきた。

「ここは森の人たちが造ったものなんですか？」

カーリーが興味深げに校長に聞く。

「おそらくそうだろう。くわしい話は私も知らない。今夜はここにテントを張り、休憩しよう。日の出と共に出発する」

校長がカーリーに合図して、野営することになった。兵士たちは手際よく、テントを張っていく。マホロはアルビオンを抱えながら神殿を眺め、感慨深い思いに浸った。

クリムゾン島のこちら側では、かつて信仰が息づいていたのだと感じた。森の人と呼ばれる人たちは、少なくとも神を崇《あが》め奉《たてまつ》る暮らしをしていた。

兵士たちは火を熾《おこ》し、鍋に湯を沸かしたり、周囲の状況を確認したりしている。マホロが夜空の星を見上げていると、ノアが近づいてきて抱きしめられた。挟まれたアルビオンが、腕の中から飛び出し、足元に座る。

「マホロ」

ノアはマホロの帽子を取り、髪の匂いを嗅《か》ぐ。耳の裏や頭のてっぺんを嗅がれて恥ずかしい。

「お前の匂い好きだな」

ノアは幸せそうにマホロの額に額をくっつける。

「そこ、いちゃいちゃしない」

遠くにいた校長に咎《とが》められ、マホロは困って笑った。ノアはマホロの肩を抱き寄せたまま離れない。

「我々が交代で見張りをしますので、休んで下さい」

カーリーに声をかけられ、マホロたちは一杯の水を飲んだ後、持参した寝袋に潜り込むことにした。アルビオンも小さな身体を寝袋の中に潜り込ませてくる。外で眠るのは初めてだ。目的地までは徒歩で三日かかると言っていた。どこかワクワクする気持ちを抱え、マホロは眠りについた。


翌日は日の出と共に起き、朝食をとって出発した。

神殿のあった場所から再び森に入り、方位磁針を見ながら進んだ。時おり蛇が草むらから飛び出してきたり、四本足の獣が遠くからこちらを窺っていたりというのはあったが、概《おおむ》ね問題なく進んでいた。

校長の箒《ほうき》に乗って上空から見下ろした時は緑と岩山など自然しか見えなかったが、こうして歩いていると、ところどころに神殿や水場があった。

「校長、箒に乗ってびゅーんと行けないの？」

昼の休憩で焚火《たきび》の前に集まりながら、オスカーが首をかしげて聞いた。確かに徒歩で行くには遠すぎる場所かもしれない。

「何度も言うが、ここでは魔法は使えない。ここには特別な神がいて、その神様に許可を得なければ何もできないと言われている。だから火を熾すのだって、いちいち原始的な方法をとっているだろう？　使い魔については、驚きの事実だよ」

校長はコーヒーを飲みながら皮肉げに言う。そういえば火魔法を使えるノアがいるのに、毎回マッチを使って火を熾している。

「ここの神様の許可かぁ」

オスカーは残念そうに髪を掻き上げる。

「魔法が使えるなら、もっと頻繁にここの調査に来るんだけどね。地道に歩いて、原始的な方法で過ごすしかないんだ」

校長はそこまで言うと、兵士たちに呼ばれて離れる。

「不思議だなぁ。こんなに精霊がいるのに、魔法が使えないなんて」

辺りを見回し、オスカーは目を丸くしている。その視線が宙をさまよう何かを見ているように感じられて、マホロは首をかしげた。

「オスカー先輩は、精霊が視《み》えるのですか？」

何げなく聞くと、オスカーがしまったという表情になった。聞いてはまずかったのかとマホロはノアを振り返った。ノアはちらりと兵士たちを見やり、二杯目のコーヒーをカップに注ぐ。

「向こうには聞こえてないみたいだから大丈夫だろ」

ノアがそう言うと、オスカーはホッとした顔でうなじを掻いた。校長と兵士たちは少し離れた場所で、地図を確認しながら話し合っている。

「視えるといってもたいしたことないから。内緒ね」

オスカーはごまかすように笑ってみせる。何故精霊が視えることを内緒にしなくてはならないのか分からなかったが、マホロは神妙な顔で頷いた。

マホロは精霊を視ることはできないが、自然あふれる場所なので精霊が多そうだというのは想像できる。精霊は自然が大好きで、汚れた土地にはいられないと魔法の授業で習った。魔法を使う際には精霊を呼び出して手助けしてもらうのだが、自然にあふれた場所でやるのと、有害なものが多い場所でやるのとでは威力が違うと教えられた。

精霊がたくさんいるのに、どうしてここでは魔法が使えないのだろう？　この土地を守る神が、魔法を禁じているのだろうか？

「ところで校長ーっ、目的地まであとどれくらい？　半分くらいは来た？」

オスカーが遠くにいる校長に声をかける。

「まだ半分も来ていないよ。さぁそろそろ出発しよう」

校長は荷物を片づけ、マホロたちを促す。ふとノアを見ると、ひどく憂鬱《ゆううつ》そうに火を眺めていた。気のせいか少しずつ口数が減っている。

「ノア先輩、大丈夫ですか？」

そっと腕に触れると、物思いに耽《ふけ》っていたのか、ハッとしたようにノアが腰を浮かせた。

「悪い。何でもないよ」

ノアはぎこちない笑みを浮かべ、のろのろと立ち上がる。忌まわしい記憶がある場所に近づくのは気が進まないのだろう。自分のためにと思うと、申し訳ない。

それにしても、境界線を越えてから、気温がぐっと高くなり、夜もそれほど寒さを感じなかった。学校側とこちら側では体感温度が違いすぎる。本当にどうなっているのだろう？

兵士の合図で、生い茂った雑草を掻き分けながら、再びマホロたちは歩き始めた。


日が暮れ始める頃に、マホロたちは大きな神殿に辿り着いた。最初の神殿より、建物の形が残っている。パッと見た感じは、教会か修道院だ。建物の入り口に当たるアーチ型の部分は残っているが、天井自体は抜け落ちているようだ。入り口に続く石畳は比較的しっかり残っていた。

「今夜はここに泊まるよ。かつては修道院だったんだ」

校長は扉を押し開けて修道院の中へ入っていく。マホロもノアと共に校長について進んだ。大きなホールには木製の長椅子がいくつも置かれ、奥に祭壇らしきものがあった。おそらくここが大聖堂だろう。兵士が壁にカンテラを置く窪《くぼ》みを見つけ、三つほどのカンテラに火を灯《とも》して光源を確保した。壁に囲まれるだけで、ずいぶんと気分が変わる。

マホロはアルビオンを抱き上げ、大聖堂の脇の扉から奥へ進む。すると、中庭を中心としてぐるりと四角く回廊があり、いくつかの小部屋が繋がっていた。ここで暮らしていた人たちの私室か作業部屋だったのだろう。家具はほとんど残っておらず、埃《ほこり》っぽかった。だが、大聖堂の天井は抜け落ちているが、こちらはまだかろうじて屋根が残っている。

「思ったより大きな施設だな」

ノアは建物を見て感心している。

「昔はたくさんの人が暮らしていたのですか？」

マホロは大聖堂に戻って、校長に尋ねた。ノアは外に出るといって、扉を押し開けて行ってしまった。

「我々とは違う神を祀《まつ》っていたと聞いているよ」

校長と兵士たちは手分けして危険がないか、建物内を見て回っている。大聖堂の祭壇の奥に、地下へ続く階段があった。最初の神殿にも地下へ続く階段があったっけ。

マホロは荷物を長椅子に下ろし、祭壇の手前に置かれた丸い石の器の前に立った。天井が抜け落ちているせいで、直径五十センチほどの石の器には水が溜まっている。この水は飲めるのだろうか？

「わっ」

水を覗き込んでいたマホロは、いきなり水飛沫が跳ねて、びっくりして飛び退いた。顔に水がかかった。アルビオンもきゃんと鳴いて、ダッシュで石の器から離れる。何か生き物が潜んでいたのだろうか？

「今、不敬な考えを持っただろう」

いつの間にか横に立っていた校長がにやりとする。腕で顔を拭《ぬぐ》い、マホロは「飲めないかと考えました」と答えた。

「駄目駄目。これは古代文明の人たちが、神具として使っていたものだよ。飲み水なんて、最悪の場合にしか駄目だよ。皆も、ここでは不敬な考えを持たないでくれよ。古代からの神が我々を見張っている。変な考えを持つとしっぺ返しを食らうよ。それから、ここの物は絶対に外に持ち出さないこと」

校長は兵士たちに聞こえるよう、よく通る声で話す。古代からの神々が自分たちを見ていると言われ、気をつけようと肝に命じた。アルビオンがもう大丈夫かと窺うように、遠くからこちらを見ている。手招きすると、尻尾を振って駆け寄ってきた。

「外を見てきたけど、獣も見当たらないし、安全そうだよ」

オスカーが呑気な口ぶりでマホロたちに近づいてきた。オスカーは修道院内部にはあまり興味がないようだ。

夕食は修道院の外で火を熾し、兵士たちが持ってきた具材を鍋に入れて干し肉でシチューを作ってくれた。

食事を終えると、屋根のある部屋で眠ることにした。マホロは校長とオスカーとノアと同じ部屋だ。寝袋を用意していると、ノアの姿がない。気になって建物内を捜したが、どこにもいない。どんどん寡黙になっていたことを思うと、ノアが心配だ。

「ノア先輩！」

修道院の外をうろついていると、木陰にノアの姿を見つけた。ノアは煙草《たばこ》を吸っていた。ノアが煙草を吸っているのを見るのは初めてで、かなり驚いた。アルビオンが咎めるように、唸《うな》る。

「ノア先輩……、煙草、吸うんですね」

気分を害さないようにゆっくり近づくと、ノアが吸いかけの煙草を地面に落とす。靴底で火を消し、屈《かが》み込《こ》む。

「めったに吸わない。気分がくさってきたから、紛らわしたくて兵士にもらった」

ノアは火の消えた吸いがらをポケットにしまうと、木の根元に腰を下ろした。マホロはノアの横にくっつくようにして座り込む。アルビオンもマホロに寄り添う。

「ノア先輩、やっぱり来たくなかったですよね……すみません」

ノアが本調子ではないのは、昔の嫌な思い出が蘇るせいだろう。つくづく迷惑をかけていると、マホロは目を伏せた。

「お前が謝る必要はない。正直、今すぐ回れ右して帰りたいけど。動いている時はいいんだが、こうして考える時間ができてしまうと、どうしても嫌な記憶が呼び覚まされる」

マホロの肩を抱き寄せ、ノアが頬を擦り寄せる。ノアの吐息に煙草の匂いが残っていて、マホロは鼻を鳴らした。ノアの唇が近づいてきて、マホロは誰も来ませんようにと願いながら目を閉じた。

「……ん」

ノアの唇がマホロの唇を吸う。煙草の匂いは好きじゃないが、マホロは黙ってキスを受け入れた。ノアはマホロの唇を堪能するように、抱き寄せて何度も音を立てて吸う。

「……俺がここに来たのは、十歳の時だった」

何度も口づけた後、ノアが声を絞り出すようにして話し始める。

「親父《おやじ》にセント・ジョーンズ家の義務だと言われ、無理やり連れてこられたんだ。十歳だったから、兵士たちについていくのが大変だったけど、その頃はまだ親父を尊敬していたから、がんばってついていった」

マホロの肩に腕を回し、ノアがほうっと息を吐く。

「子ども心に変だなとは思ったよ。兄ではなく、何で俺を連れてきたんだろうって。父に聞いても、ニコルには多分無理だって言われるばかりで。父は俺を司祭に引き合わせた。今でも覚えている。幽霊みたいに陰気そうな男が、俺を指さして、恐ろしい悪夢を見せた」

　ノアは当時の状況を思い出したのか、身震いして顔を顰《しか》めた。ふだんは横暴で毒舌家のノアが、過去の記憶に苦しんでいる。マホロは心配でたまらなくて、ノアをじっと見つめた。

「子どもだったから記憶は曖昧《あいまい》だが、あの時俺はこの島にいる神とやらに会った気がする。神は俺にギフトを授けた。そして抑揚のない声で、代わりにお前の育ての母親の命をもらい受けると言ったんだ」

　ノアは一気に話すと、溜めていた息を吐き出し、髪を掻き上げた。

「育ての……母親？」

　マホロは思わず繰り返していた。

「ああ。母親と思っていた人は俺の本当の母親ではなかったんだ。俺はそれまで知らなかった。父が浮気をしてできた子ども、それが俺なんだが、母は俺を実子として育てていた。母は優しくて愛情たっぷりだったから、俺は自分が本当の子じゃないなんて疑いもしなかった。そんな優しい人を、俺は……死なせてしまった」

　悔恨するようにノアがうなだれる。

「ノア先輩のせいじゃないです」

　マホロは何とか慰めようと、手を握った。ノアはだるそうに顔を上げ、小さく笑った。

「そんなわけで親父とはそれ以来、冷戦状態だ。兄さんにもすまないと思っている」

　ノアがニコルには心を開いている理由が分かり、マホロは胸が痛くなった。ノアは冷たい、人としてどこか壊れていると思われているかもしれないが、そうではない。愛情深く、まっとうな人だ。

「ノア先輩……」

マホロはノアの胸に抱きつき、背中に腕を回した。慰めの言葉は思いつかなかった。ノアは父親を責めているが、父親にはそうしなければならない事情があったに違いない。そう思ったが、父親を擁護《ようご》する言葉は口にできなかった。

「――質問。愛する人に嫌われる薬か、愛する人に忘れられてしまう薬のどちらかを飲まなければならなかったら、お前はどうする？」

ノアが小さく笑って聞く。マホロは少し考えて、はにかんで笑った。

「忘れられる薬かな……？　嫌われるのは悲しいです」

マホロの答えはノアの口元を弛めた。

「俺は嫌われてもいいから忘れないでほしいな。絶対にまた好きにさせる自信があるから」

自信満々で言われ、マホロは呆れて身体を離した。

「ノア先輩のそういうところ、引きます」

ノアは笑ってマホロを抱きしめ、耳朶《じだ》にキスをした。身体を密着させていると、温かくて泣きたくなるような切ない感情が込み上げてくる。この気持ちは何だろう？

マホロは黙ってノアに抱きついていた。このぬくもりだけは、守ってみせると決意を込めて。

二日目の夜を修道院で過ごし、辺りが明るくなった頃、目覚めた。寝袋で寝ているせいか熟睡できなくて、少しだるさを覚える。朝食の携帯食を腹に収め、荷物をまとめて出発する。

「えっ、この地下を行くんですか？」

カーリーの声がして、マホロはそっちに足を向けた。

「ああ、上手くいけば今夜にも着く」

校長が地図を眺めながら頷いている。カーリーの命令で兵士たちがカンテラの油を調節し始めた。てっきりまたジャングルのような緑の中を進むと思っていたのだが、ここからは地下道を行くという。大聖堂の奥に、地下へ続く階段があって、目的地まで近道できるそうだ。

「この修道院が残っていなければ、三日以上かかると思っていたが、幸い地下道は使えるようだ。地上を行くとこの先、危険な獣がうろついている場所があるんでね。竜の巣もあるし、危険は避けたい。そのためにも地下を進みたい」

校長が説明する。

「いよいよか」

オスカーは興奮してきたみたいで、ストレッチしながらニヤニヤしている。一方、ノアは浮かない顔つきで水筒の水を飲んでいる。

「では行こう」

全員の準備が整うと、地下に続く階段を下り始めた。先頭のカーリーはカンテラを掲げて歩き始める。カンテラの明かりを頼りに暗い地下道へ兵士たちが消えていくと、何となく不安になった。それが伝わったのか、ノアが手を引いてくれる。リュックの中にいるアルビオンは、暗闇が怖いのか、震えている。リュックから揺れが伝わって、マホロはより緊張してしまい、深呼吸を繰り返した。ノアの手のぬくもりに、マホロが落ち着きを取り戻すと、アルビオンの震えも止まった。

地下へ下りると、先頭と中央、最後尾に兵士がつき、カンテラで辺りを照らした。細く長い道が奥へ続いている。一寸先は闇で、カンテラがあってもなかなか進みづらい状況だった。

「空気は問題ない。声をかけながら行こう」

カーリーが慎重に進みながら言う。一列になってゆっくりと歩く。マホロはノアの手を握りながら進んだ。カンテラのぼんやりとした明かりがゆらゆら揺れている。誰が造った地下道か知らないが、長く石畳が敷き詰められていた。歩きやすいのがせめてもの救いだ。

「ひゃっ」

明かりを過《よ》ぎる黒い影に、マホロは引っくり返った声を上げた。羽音がしたと思うと、蝙蝠《こうもり》がどこかへ飛んでいった。侵入者に蝙蝠もびっくりしたのだろう。ノアの笑い声に、緊張が弛んだ。

「校長。昨日も壊れた神殿があったが、どれも森の人のものなのか？　何故朽ちている？」

ノアは歩きながら校長に問うた。

「かつてはこの辺りにも森の人の集落があったというし、おそらく彼らのものだろう。森の人の数は激減していて、今は島の西側に残った島民が集まっているそうだ。というのもこの上……、危険な獣がいると言ったが、あれは闇の獣のことだ。森の人を襲うらしい」

闇の獣と聞き、マホロはぎくりとした。ジークフリートは闇魔法で獰猛《どうもう》な獣を呼び出していた。あれが闇の獣だろうか。だとしたら、あの恐ろしい獣がこの上にいるのか。

「闇の獣が増えて、森の人は安全な場所に逃れたってわけ？　昨日今日の話じゃないよね？」

オスカーが皮肉っぽく言う。神殿は廃墟にしか見えなかった。崩れて壊れた建物を草木、蔦《つた》や苔《こけ》が覆っていた。

「この辺りには山があって、闇の獣の巣があるという話だ。森の人の話によると、大昔は闇の獣を退《しりぞ》ける使い手が多くいたんだが、……まぁ、今はね」

校長が言葉を濁す。

「なるほど。つまり、闇魔法の一族を根絶やしにしたから、闇の獣を操る奴もいなくなったってわけか？」

皮肉げにノアが笑う。驚きの事実にマホロは足を止めた。

「えっ。じゃあ、ここには闇魔法の一族がいたんですか？」

口にしながら思い出したことがある。ジークフリートは、クリムゾン島の地下に闇の獣が閉じ込められていると言っていた。闇魔法の一族であるジークフリートは、闇の獣を操れた。ギフトをくれる司祭は光魔法の一族ではないかと言われているし、この島は一体……？

「この国の重要な秘密について話す羽目になっているなぁ。歴史上、突然現れたように見える闇魔法と光魔法の一族は、この島で暮らしていた。闇魔法の一族による反乱が起こり、時の女王が彼らを退けた後、クリムゾン島には特別な力があるとして、我が物にしようとしたんだが、これがかなり大変でね。君たちもジークフリートが地下から闇の獣を呼び出したのを見ただろう？　この地には解明されない謎が多くある。それに実はこの立ち入り禁止区には森の人と闇魔法の一族、光魔法の一族以外は定住できない。長くて半年いた者もいるが、例外なく具合が悪くなって出ていく羽目になる。そういった特殊な場所を、士官学校を建てるために、五名家の有力な魔法の使い手を集めて、すべて地下に押し込めて、ようやく島の一部を自分たちが使えるように改築したんだ」

マホロは初めて聞く隠された歴史に、興味を惹《ひ》かれた。

「土地の改良に百年近くかかったと言われている。そして百年前にローエン士官学校を創設したとされている。本来なら島の全部を手中に収めたかったようだが、東側はどうしても踏み込めない領域だった。だから未だにこうやって派遣隊を送り、内部を調べようとしているんだが、何しろ魔法が使えないからね。調査も遅々として進まない」

校長が諦《あきら》めたように語りだし、マホロは言葉を失った。だから、ジークフリートはこの島を占拠するのを重視したのかと思い当たった。自分の先祖が暮らした土地なら取り戻したいと思っても不思議ではない。

「それって略奪に近いんじゃない？　ローエン士官学校が建てられた経緯がそんなだったなんて、ショックだなぁ」

オスカーが鼻白むように言った。

「歴史ってそういうもんだろ。闇の獣は残虐で狩りに長《た》けている。おまけに竜の巣もあるしね。この二つがなければ、もう少しこの島の解明も進むんだが。闇の獣が増えて森の人が激減した理由について納得してもらえたかい。私が前回来たのは二十年前だが、その頃には神殿はとっくに崩れていたよ」

暗闇に静かに響く校長の話に耳を傾けながら、マホロは思い出していた。ジークフリートも言っていた。この島には秘密がある、と。

「本土には闇の獣はいないですよね？　何故ですか？」

マホロは疑問に思い、口にした。

「闇の獣はこの暖かい地域を好むらしいからね。闇魔法の一族が反乱を起こした際には、本土にも闇の獣は現れたけど。一掃するのは大変だったと文献には書かれている」

デュランド王国の暗い時代の話だ。改めて昔の人は、相当な苦労を背負っていたのだと思った。

「……息苦しい」

ふと低い声がして、前方にいた兵士の一人がしゃがみ込んだ。校長と前後の兵士が駆け寄り、しゃがんだ兵士の顔を覗き込む。カンテラの明かりに、しゃがんだ兵士が苦しげに咽を押さえているのが照らし出される。

「まずい。呪いが発動している」

校長が顔を強張らせて、兵士の襟元を弛める。兵士の顔が土気色に変わっていき、息がぜーぜーと荒くなる。ついに耐えきれなくなったのか、兵士が倒れ込む様子に、マホロは身構えた。何

が起きているのだろう⁉

「おい、君。昨日泊まった修道院で何かよくないことをしただろう。何をした？」

校長は兵士に顔を近づけ、詰問する。呪いと言ったが、どういうことだろう。

「一体、何が……⁉　まさか、有害なガスでも⁉」

カーリーは口元を押さえ、声を荒らげる。

「そんな……っ、今すぐ引き返しましょう！」

他の兵士も動揺する。

「違う。見ろ、額に黒い染《し》みが浮かんでいるだろう？　これはここの神がもたらした呪いによるものだ。ここの神は悪さをする者に罰を与える傾向がある」

校長はパニックになりかけた兵士たちを咎めるように、倒れた兵士の額に明かりを近づけた。

校長の言った通り、兵士の額に黒い鳥が羽を広げた形のような染みができている。

「何か知らないのか⁉」

カーリーが倒れた兵士と仲のよかった兵士を問い詰める。

「そういえば……煙草を吸ってましたが……、でもまさかそんなことで？」

兵士の一人が思い出したように呟く。

「吸《す》い殻《がら》はどうした？」

校長が鋭い目つきで聞く。

「そのままそこに……。あっ」

兵士も気づいたらしい。倒れた兵士は吸い殻を修道院に捨ててきたのだ。そういえば昨夜ノアも吸っていたけれど、ノアは吸い殻を拾い、ポケットにしまっていた。

「おそらくそれだ。あそこは修道院だった。そんな場所に吸い殻を置いてきたのはまずかったな。仕方ない、君」

校長が最後尾にいた兵士を呼びつけて、倒れた兵士を背負わせる。苦しそうな息遣いでぐったりしている。

「吸い殻のある場所までこいつを連れていって、自分で始末させてくれ。そうすればこの症状は治まるはずだ。やれやれ。七名いた兵士が、四名になってしまったか」

校長はカンテラを一つ兵士に預け、不敬な真似は絶対するなとこんこんと言い聞かせる。校長曰く、死にはしないだろうとの話だった。ホッとしたが、マホロにも水飛沫を跳ね上げたし、直接的な罰を与える、厳しい神様だと感じた。気を引き締めておかねばならない。ついノアを見やると、咎められたと誤解したのか、ノアが鼻を鳴らした。

「吸い殻は始末するように言ったはずだぞ。人の話を聞いていないあいつが悪いんだろ」

「ノアは知ってたの？」

オスカーが興味津々で問いかける。

「昔、親父にゴミは絶対に持ち帰れと言われたからな。あと何一つ勝手に持ち出すなとも言われたな」

ノアが首をひねりつつ言う。オスカーは神妙な顔つきで聞いている。

「部下が申し訳なかった。四名いれば十分だ。先を急ごう」

カーリーは残った兵士に何も持ってきていないか確認した後、マホロたちに頭を下げた。修道院に戻っていく兵士を振り返ると、具合の悪い兵士を背負いながら歩いているせいか、カンテラの明かりが揺れながら少しずつ小さくなっていく。

何だかどんどん人が減っていって、心配になってきた。ここには特別なルールが存在する。異界に紛れ込んだようで、心もとない。油断せずに行こうと、マホロは暗いトンネルを進んだ。


二時間ほど、地下道を進み続けた。延々と同じ光景なので、しだいに進んでいるのかどうかさえ分からなくなってきた。時計を確認すると針が進んでいるので、ちゃんと前に進んでいるはずだが、歩いても歩いても同じ暗がりでは気分が滅入ってくる。

「あとどれくらいなんでしょうか？」

兵士もマホロと同じような鬱屈を感じているらしく、しきりに先頭のカーリーに話しかけている。特別な訓練を受けた兵士だから体力は問題ないだろうが、このトンネルは精神を病む。

「休憩しよう」

カーリーも兵士の疲労を案じたのか、列を止めて軽食を取るよう命じた。マホロもその場に腰を下ろし、リュックに入っていたクッキーを摘んだ。糖分を口にすると、少し気分が楽になる。

アルビオンはリュックの中に潜って眠っていた。

「おい、あれを見ろ」

クッキーを翳《かじ》っていると、前方にいた兵士が突然騒ぎだし、肩にかけていた長い銃を構えた。

焦って彼らが凝視しているものを確認すると、地下道の奥に、白くぼんやりと人の形みたいなものが浮かび上がっている。遠くて何だか分からないが、それはゆらゆらとこちらに向かってきている。

「待て、撃つんじゃないぞ」

カーリーは怯《おび》える兵士を叱咤《しった》して、慎重に様子を窺っている。ノアがマホロの前に回り、庇うような形になった。ノアの肩に顔を寄せ、マホロはこわごわと白く揺れるものを確認した。

それは少しずつ、ゆっくりと近づいてくる。距離が縮まり、マホロは息を吞んだ。人の形をした真っ白いものが、ふらふらと動いている。

「何てことだ、《悪食の幽霊》だ。最悪だ。よりによって、こんな場所で」

校長が押し殺した声で、天を仰いだ。皆の視線がいっせいに校長に集まる。

「君たち、いいかい。あれは動きさえしなければ、襲ってはこない。絶対に動かないで。動いたら、命を奪《と》られる」

校長が絶望的な表情で囁《ささや》いた。《悪食の幽霊》？

「撃っては駄目ですか」

兵士の一人が恐怖に耐えかねて、銃の引き金を引こうとする。

「あいつはそんなものじゃ消えてなくならない。いいから、絶対に動かないで。奴が通り過ぎるのを待つんだ。それ以外、方法はない」

校長はそう言って、マホロたちに壁にくっつくよう命じた。マホロは土の壁に背中を預け、じっとしていた。アルビオンもリュックの底でじっとしている。使い魔だからたとえ見つかっても死にはしないだろうが、面倒は避けたい。暴れたりしないでくれと願った。

「……」

隣にいたノアがマホロの手を握り、身体をくっつける。ノアも《悪食の幽霊》を見るのは初めてのようだが、怖さよりも興味が勝るのか、目をぎらつかせている。

《悪食の幽霊》は少しずつマホロたちに近づいてきた。距離が縮まり、あと数メートルというところまでくると、自分の鼓動の音が激しくなり、全員に聞こえるのではないかと心配になるほどだった。

《悪食の幽霊》が先頭のカーリーの前を通り過ぎる。それが近づくにつれ、何とも言えないぞっとするような感覚に囚われた。この世の終わりというか、絶望的で苦しくて、沈鬱な気持ちだ。それはまるで風船のようなふわふわした動きでマホロたちの前を通っていった。息を殺し、どうか早く去っていきますようにと願う。この恐ろしい感覚。震えが大きくなりそうだ。怖い。怖い。神様、助けて下さい。

「――――」

揺れながら通り過ぎようとしていた《悪食の幽霊》が、ふと立ち止まった。ぐるんとすごい勢いで、こちらを見た。マホロは心臓が止まりそうだと恐怖し、硬直した。《悪食の幽霊》と言われたそれは、確かに人の形をとっていた。けれど両目は黒く穴が空いているだけで、全体に海藻みたいなものが垂れ下がっていた。気持ち悪くて仕方ない。それがマホロに近づいてきた——と思ったのは勘違いだった。

《悪食の幽霊》は、マホロの隣にいたノアの顔を覗き込んだ。ノアはまるで置物のようにじっと動かない。緊張で咽が震えそうになる。《悪食の幽霊》は何が気になるのか、ノアの顔や身体をまんべんなく探っている。これがマホロだったら、絶対に声を上げて逃げ出している。けれどノアは校長に言われた通り、微動だにしない。

やがて《悪食の幽霊》はノアから離れ、再び動き始めた。

ああ、これでやっと恐怖から逃れられる——そう思った瞬間、オスカーの後ろにいた兵士が、奇声を上げて《悪食の幽霊》に向かって銃を発砲した。

「来るな、来るな！　来るんじゃねぇ‼」

恐怖に駆られた兵士は、叫びながら銃を乱射する。銃弾は《悪食の幽霊》を素通りして壁に当たった。そのうち何発かは跳ね返ってマホロたちの足元に撃ち込まれる。

「ぎゃあああああ‼」

銃を放った兵士は咽を押さえて、その場に引っくり返った。一瞬の出来事で分からなかったが、銃を撃ったとたん、《悪食の幽霊》が兵士に飛びつき、口から身体の中に入り込んだのだ。マホロはただびっくりして硬直していた。

「あが……っ、ぐ……っ」

兵士は咽を押さえ、床の上でもんどり打つ。みるみるうちにその顔から血の気が引き、泡を吹き始めた。《悪食の幽霊》の姿が消えた。

「まずい……、ああ、もう少しでやり過ごせたのに！」

校長が帽子を床に叩きつける。もう動いていいのかと、マホロはびくびくしながら倒れた兵士を囲んだ。兵士は死んだのか、あるいは気を失ったのか、四肢を投げ出してぴくりともしない。

「い、一体、どうなって……⁉」

カーリーが兵士の頸動脈《けいどうみゃく》に触れ、死んでいると青ざめる。

「《悪食の幽霊》は動いているものの身体に入り込んで命を奪う。今は彼の身体の中に入っているので、安全だ。だが、一晩経つと、再び奴は出てくる。それまでに彼の身体を焼かねばならない。このままここに放置していたら、不死者となって蘇る」

校長が残酷な事実を告げた。カーリーはショックを受け、死んだ兵士と校長を見比べる。

「ば、馬鹿な……、不死者？　こいつはずっと俺の下で働いてくれた真面目な奴で……」

兵士の身体に触れ、カーリーが上擦った声を上げる。この国では死体は土葬される。死体を焼くなんて、遺族は耐えがたい苦痛を負うだろう。

「どうにかならないのか⁉　死んだとしても遺体は持ち帰って、遺族に引き渡したい！」

カーリーにすがるように叫ばれ、校長は頭を抱えた。

「《悪食の幽霊》はめったに現れないんだ。今回は特に運が悪かった。こんな場所で出くわすなんて。死体を焼くのは絶対だ。焼かなければ、不死者となったこいつは人を襲う。とはいえ、身体を焼こうにも、こんな場所では何もできないしな……」

校長は悔しそうに顔を歪める。マホロはどっと疲れを感じて、その場にへたり込んだ。ノアは真剣な眼差しで死んだ兵士を見ている。あれだけじっくり探られて、よく動かなかったものだ。もしあの時、ノアが動いていたら……。ゾッとしてマホロは腕を抱いた。

「こんなの見たのは初めてだ。俺は前回よほど幸運だったらしいな」

ノアは喘《あえ》ぐような息遣いで呟く。

「マジで、あの兵士が叫ばなかったら、俺が叫んでたかも。すごい圧迫感だった。誰かにずっと首を絞められているような感覚でさ」

オスカーは疲れたように転がっている。マホロも同じ気持ちだった。《悪食の幽霊》が目の前を通った際、恐ろしいほどの絶望感に囚われた。

「とにかく彼の遺体をこの場に置いておけない。地上に運んで、焼いてくれ」

校長はカーリーに厳しく言い渡す。カーリーは憐《あわ》れなほどにうなだれ、兵士の一人にその任務を命じた。兵士は涙ぐみながら、死んだ兵士を背負い、元来た道を戻っていく。

最初は七名いた兵士は、今や兵長のカーリーと赤ら顔の新米兵士だけになった。行きだけでこんなに人が減ってしまって、本当に辿り着けるのだろうか？　一体、ここはどうなっているのだろう？

「先を急ごう。兵長、もっと早く進んでくれ。二体目の《悪食の幽霊》と出くわさないとも限らないから」

疲れた様子で校長がカーリーの肩を叩く。

重い足取りでマホロたちは先を急いだ。いつ果てるとも知れない暗闇の中を、ただひたすら前へと足を動かした。

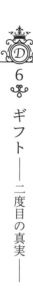

6 ギフト――二度目の真実――

五時間ほど歩き続け、ようやく地上に出られる階段が現れた。

五時間、誰も彼も無口で、道中ずっと暗い雰囲気だった。地上に出られると分かったとたん、皆の顔色が明るくなり、元気を取り戻したのだ。

「あー、空気が美味い！」

階段を上がり外に出ると、オスカーが大きく伸びをして大声を上げた。地上に出たマホロは重苦しい空気を振り払うように、深呼吸した。すでに時刻は夜の七時になっていて、空には月が皓々《こうこう》と輝いていた。暗くてはっきり目視できないが、草原らしき場所に出たようだ。ここにも神殿があったのだろう。途中で折れた柱が四本と、崩れかけの壁が残っている。

「帰りもこのルートですか？　地上から戻ったほうがよくないですか？」

カーリーは周囲を見回しながら校長に尋ねた。高い建物も高い木々もほとんどなく、見晴らしがよい。闇の獣の姿も見当たらないし、マホロにもそれほど危険には思えなかった。

「いや、絶対に地下道のルートのほうが安全だ。地上には闇の獣が生息している地点がある。私たちは魔法を使えない。闇の獣相手に、丸腰で挑むようなものだ。使い魔が呼び出せるのは分かったが、銃と剣だけでどこまで闘えるか……」

校長は厳しい顔つきで首を振る。ジークフリートが呼び出した闇の獣は、恐ろしく獰猛《どうもう》な獣だった。魔法が使えれば地上から戻るのもやぶさかではないが、魔法を使えない以上、地下道が安全だと校長は言い切る。

「暗いから今日はもうここでテントを張ろう」

校長は目的地は近いとしながらも、無理をするのは禁物と、この場での逗留を決めた。テントを張り、火を熾《おこ》し、携帯食をそれぞれ食べる。ノアは炎をじっと見つめ、手を左右に動かしている。

「本当に魔法が使えない。不思議だ。何故だろう?」

ノアは火魔法が使えないのを奇異に感じている。

「それは私も分からない。森の人に言わせると、ここの神の力が強くて、神の許可がない魔法は使えないとか」

校長は湯気を立てた鍋の湯で、人数分のコーヒーを淹《い》れながら言う。カーリーは早々に食事を終え、ノートに何か記している。

「何を書いているんですか?」

マホロが気になって聞くと、カーリーがつらそうに笑った。

「女王陛下にここで起きたこと、目にしたことをすべて報告するよう言われています」

マホロは同情気味にカーリーを見やった。部下を失ったのはつらい出来事だろう。

「女王陛下って……どんな方なのですか？」

話を変えようと、マホロは首をかしげて聞いた。校長がマホロに温かいコーヒーを渡してくれる。一口飲むと、五臓六腑に染《し》み渡《わた》った。

現在デュランド王国を治めているのはヴィクトリア女王だ。デュランド王国の歴史はもう千年以上続いている。

「素晴らしいお方です。理知的でお優しく、命を懸けてでもお守りしたいお方です」

カーリーは女王陛下の話になると、力強い声を発した。女王陛下の人気はすごくて、女王陛下直属の兵士でいられるのはかなり栄誉なことらしい。御年七十の気品ある老婦人だ。

「彼女と私は幼馴染《おさなな じ》みなんだよ」

校長がコーヒーを味わいながら微笑む。

「そうだったのですか？」

カーリーの目が輝き、校長への態度にうやうやしさが加わる。

「女王はやんちゃでおてんばで、そこらの男より強かったね。ノアとオスカーは会ったことはあるだろ？　社交界デビューしているんだし」

校長に話を振られ、ノアとオスカーが苦笑する。社交界デビュー……。五名家の直系の子息は王家が開くパーティーに出席する義務がある。ジークフリートは直系ではなかったが、招かれて何度か出かけていた。マホロはそういった華やかな場には行ったことがない。

「もちろん、会ったし話しもしたさ。俺如《ごと》き若造が太刀打ちできる相手じゃないな」

珍しくノアが人を褒《ほ》めている。

「そうだね。女王様は雲の上の存在だよ。まぁお声がかかったら、いつでもお相手するけど」

オスカーはとんでもない発言をして、カーリーともう一人の兵士から睨《にら》まれている。七十歳のおばあちゃん相手でも、オスカーには関係ないらしい。

「あの……校長。もしかして、俺が軍に囚われていた時、女王陛下に助けを求めてくれたんですか？」

マホロは突然思いついて、校長に小声で尋ねた。軍に捕まっていた際、マホロを処刑するべきという意見もあったと聞く。それを阻止したのは女王陛下だとアボット中将は言っていた。

「ふふ。使えるものは何でも使わないとね。もちろん、ノアだって似たようなことをしただろ？」

校長がノアにウインクして、微笑む。ノアは唇の端を吊り上げただけだが、マホロには二人があらゆる手を使って自分を救おうとしてくれたのが分かった。改めて感謝の念を抱き、この恩はいつか返そうと心に誓った。

「さて、そろそろ寝ようか。今日は疲れただろう」

他愛もない話を一時間ほどして、校長が火の番を買って出た。カーリーと兵士は昨夜も火の番をしていたので、疲れているだろうと気を遣ったのだ。マホロもつき合おうかと申し出たが、やんわりと断られた。

人数が少なくなったので、二つのテントに分かれて就寝した。マホロはノアとオスカーに挟まれて、目を閉じた。アルビオンはマホロの脇に鼻を突っ込んで寝ている。

眠ろうとすると、どうしても《悪食の幽霊》の記憶が蘇った。あんなに恐ろしいものがいるなんて、この島はどうなっているのだろう。あいつは学校のほうには本当に来ないのだろうか？次に会ったら、じっとしていられるか自信がない。人の恐怖感を掻き立てる存在だった。

悶々《もんもん》と考え続けながらも、しだいにうとうとしてきた。精神的にも肉体的にも疲れていたのだろう。気づくとすっかり眠り込んでいて、肩を揺さぶられて目覚めた。

「マホロ、朝だぞ」

ボケっとした顔で目を開けると、ノアが覗き込んで微笑んでいた。物憂げに起き上がり、大きくあくびをする。身体が重い。頭もだるいし、しゃっきりしない。

「お前、野営も今回が初めてだったな。そろそろつらくなってきたんじゃないか？」

ノアは乱れたマホロの髪を手で梳《す》き、心配そうに聞く。ノアもオスカーも野営や野外活動を何度もこなしていて、慣れているのだ。士官学校一年目のマホロにはまだ野外活動の経験はなかった。不慣れな場所で寝泊まりと歩行を繰り返し、身体が疲弊していた。

「近くに川があった。この辺りは安全だろう。顔を洗ってこい」

ノアに強引に起こされて、マホロはだるい身体でテントから出た。神殿の傍に小川が流れていて、小さな魚も泳いでいる。寝《ね》ぼけ眼《まなこ》で顔を洗うと、冷たい水で頭が冴え渡った。アルビオンは水が怖いのか、少し離れた場所で伏せている。綺麗な水だ。昨夜は暗くて気づかなかったが、神殿の裏側に山があって、水はそこから流れてくるようだった。

「わぁ……」

改めて朝日に照らされた風景を見ると、美しく自然にあふれたいい場所だった。足首辺りまで伸びた草むらが遠くまで続いている。風が吹くと葉が揺れて、色とりどりの花が顔を出す。草原の向こうには大きな岩がいくつも並んでいた。大小さまざまで、岩と岩を重ねたり、細長い石を積んだりと不思議な光景が広がっていた。何かの儀式に使う場所だろうか？

「私たちが行く場所はあそこだ。ちゃんと到着できそうでよかったよ。時には拒否されて辿り着けないチームもあるんだ」

校長が近づいてきて、岩が連なっている場所を指で示した。一時間もすれば着くだろうという話だった。

「朝ご飯を食べたら、出発だよ」

校長に肩を叩かれ、マホロは頷いて小川の水を口にした。長時間歩いたので汚れた身体を洗いたかったが、ここの神の機嫌を損ねるかもしれないと思い、やめておいた。

皆のところに戻ると、カーリーが鍋でスープを作ってくれていた。じゃがいもが入ったスープにパンを浸し、腹に収める。温かくて美味しい。

火を消して、荷物をまとめると、マホロたちは出発した。草原を一列になって歩き、風を受ける。鳥が時々群れを作ってマホロたちを追い抜いていく。学校の付近ではあまり野鳥を見かけないが、こちら側には結構いるようだ。

「ああ、迎えが来ている」

遠くに見えていた岩が近づくにつれて大きくなっていき、やがて先頭を歩いていた校長が表情を弛めた。視界に集落が入る。枝葉を広げた大きな木が二本、門のように立っている。その木から横に柵が長く連なっていた。村の敷地を示す柵だろう。柵は一メートルほどの高さがあり、その向こうに家らしきものの上部が確認できた。お椀《わん》を引っくり返したような丸い屋根だ。

空高くそびえる木の間に、一人の老人が杖を突いて立っていた。マホロたちの姿を確認すると、大きく手を振る。

「彼ら森の人には下手な発言は禁物だよ？　この島の神に、ここで暮らすのを許された特別な一族だ」

校長が全員を振り返って言う。マホロはとうとう森の人と会えるのだとドキドキした。

近づくにつれ、老人の姿がはっきり見えてくる。白い肌に黒い瞳、深く刻まれたしわに、白い口ひげを生やしている。貫頭衣に、凝《こ》った刺繍《ししゅう》の入った帯を巻いていた。

「ようこそ、我らシャリドルーダの村へ。お待ちしておりました。村長のアラガキです」

マホロたちが近づくと、老人がにこやかに挨拶をした。アラガキは先頭に立っていた校長と握手を交わすと、すぐに後ろにいたマホロに気づいた。

「ああ、これは光の民」

アラガキはマホロの前にしゃがみ込み、いきなり地面に額を擦りつけた。びっくりして中腰になり、アラガキを起こそうとする。光の民とは光魔法の一族のことだろうか？

「や、やめて下さい。あの、あの」

マホロが慌てると、校長がアラガキの横に膝をつき、背中に手を添える。

「この子は光魔法の一族ですか？　それを調べるためにもここへ来ました」

校長の声につられてアラガキは身体を起こして、まじまじとマホロを見つめた。

「あなたはマホロ様ではございませんか？　そのお顔には見覚えがございます。覚えていらっしゃらないのですか？　小さい頃、少しだけお世話させていただきました」

「えっ」

マホロは戸惑って、アラガキを凝視した。自分のことを知っている……？

「くわしい話は後でお聞かせいたしましょう。まずは中へ。お疲れでしょう」

アラガキは集落の中へマホロたちを率いた。村の中には数人の若い男女がいて、全員、貫頭衣を着用して、黒い髪を束ねていた。マホロほどではないが、色白の一族で、皆、マホロのように黒い瞳をしている。彼らは興味津々といった様子でこちらを眺めていたが、全員マホロに気づくと地面に正座して額をつけた。

「うう、怖い」

こんな扱いを受けた経験がないので、マホロはぎこちない動きでノアの陰に隠れた。この村では光魔法の一族は特別な存在として周知されているらしい。

アラガキはマホロたちを奥へと案内した。広場らしき場所には、石を積んで造った土台に大きな青銅の鐘が吊るされていた。アラガキの話では、一日三回、午前七時、午後十二時、午後七時に鐘を鳴らす決まりがあるそうだ。

家屋はドーム型で、近くで見ると泥のようなものを捏《こ》ね上《あ》げて造っているのが分かった。アーチ型の入り口がそれぞれ開いていて、中に藁《わら》を敷いているのが見えた。村はそれほど大きくなく、ざっと数えてみても十数軒しか家がない。アラガキは一番奥に立っていたひときわ大きな家にマホロたちを招いた。

「どうぞ、中へ」

中に入ると、アラガキと同じくらいの年齢の老婦人がいて、正座して迎えてくれた。土足で入ってはいけないと言われ、靴を脱いで敷かれた藁の上を歩いた。天井の高さは二メートルないようで、オスカーとノアは身を屈《かが》めながら入っていく。

マホロは物珍しげに中を見回した。大小さまざまな壺があり、石をくりぬいて作った竈《かまど》やその側には手作りの鍋が重なって置かれていた。天井からは干した果物がいくつも連なってぶら下がっており、部屋の中央には見事な刺繍を施した丸い絨毯《じゅうたん》があった。

「お茶をどうぞ」

老婦人が人数分のお茶を淹れ、マホロたちは絨毯の上にくつろいだ。壁にはところどころくりぬいた穴があり、そこから日差しが入る造りになっている。マホロが知っている家屋とはずいぶん異なっていて、見るものすべてが新鮮だった。

「我々は司祭に会いに来ました。仲介をお願いします。それと光魔法の一族に関して何かご存じでしたら教えていただきたい」

柑橘系《かんきつけい》の香りがするお茶を飲みながら、校長がアラガキに声をかける。

「聞いております。司祭に会う前に、まず身体を清めていただく必要があります。裏手に川が流れていますので、そこで沐浴をなさって下さい。それから神殿には兵士の方は入れませんので、ここで待機するようお願いいします」

アラガキに釘を刺され、カーリーは渋々頷く。女王陛下への報告もあるから本当は一緒に行きたかったのだろう。

「いよいよか」

オスカーが武者震いして、目を輝かせる。

「司祭はこの村の方なのですか？」

カーリーに聞かれ、アラガキは笑って首を横に振った。

「とんでもない。司祭は地下に住む特別な人たち、光の民です。光魔法の一族——我々は彼らをそう呼んでおります。光の民はめったに外に出てきません。今回のことも、手紙のやりとりで決めました」

「そうなのですか？」

カーリーは面食らったように書き記していた手を止めた。

「彼らは神と交信する方々です。我らはそれ以上を詮索《せんさく》してはならないのです。昔から続いている決まりです。その代わり季節ごとに彼らは我らに恵みを与えてくれます。ただ少し気がかりなことが……」

アラガキは何かを思い出したように、浮かない顔つきになった。

「二週間前、村民の一人が闇の獣を見ました。光の民がここを守ってくださるので、村のほうには来ないはずなのに……。幸い闇の獣は森へ引き返していきましたが、もう少し近づいていたら命を奪われていたかもしれません。それについて司祭に尋ねたのですが、返事がきません」

　校長の顔も曇り、マホロたちも不安になった。

「司祭に何かあったということは？」

　それまで黙っていたノアが、鋭い声で質問した。アラガキは一瞬顔を強張らせて、老婦人に目配せをした。

「正直分かりません。けれど十日前にあなた方の来訪を許可する手紙がありました」

　マホロは胸を撫で下ろした。闇の獣が現れたのが二週間前、司祭からの手紙があったのが十日前。だとすれば、司祭は十日前は生きていたことになる。

「先ほどマホロ君をご存じのようでしたよね？　くわしい話を聞かせてもらえませんか？　彼は記憶がないので」

　校長がお茶を飲み干し、アラガキに話を向ける。アラガキの困惑した視線を浴び、マホロは居住まいを正してお願いしますと付け足した。

「我々の一族は、司祭と共に、時々光の民を外へ連れ出しておりました。あなたのことも十三、四年前くらいに他の光の民の子どもたちと一緒に、島の境界線までお連れしました。あの時は確か、十一名でした」

　重大な発言が飛び出して、マホロもノアも校長も息を呑んだ。十三、四年前というとマホロが五歳くらいの頃か。

「何故、そんなことを？　島の境界線ということは、ひょっとして島外へ連れていくために？」

校長が慎重に尋ねる。

「我々はその理由について知りませんし、司祭に尋ねてはならないのです。我々は従うのみ。ですが、おそらく島外へ連れていかれたのでしょう。戻ってきた光の民はおりませんでした。私が知る限り、戻ってきたのは今の司祭だけです」

よくよく聞いてみると、アラガキがいう島の境界線とは、魔法の扉が現れたあの場所らしい。司祭もかつては同じように島外へ向かい、しばらくして戻ってきたらしい。

「あなた方も使った地下道ですが、昔は一度も地上に出ることなく境界線まで繋がっていたものです。現在はところどころ崩落してしまいましたが。あれは日の光に弱い光の民のための通路なのですよ」

アラガキが誇らしげに教えてくれた。地下道は森の人が光の民のために造ったものらしい。

それにしても、マホロが子どもの頃、ここから島外へ連れていかれたのは確かなようだ。そこからマホロはサミュエル・ボールドウィンの手に渡ったのだろうか？　そして特殊な石を埋めるために研究施設へ？　司祭は何故マホロたちを島から出したのか？　その時何が起きたのか想像が及ばなくて、謎は深まるばかりだった。

だが二つ分かったことがある。まったく見覚えはないが、マホロはこの島で生まれた。マホロが生まれた頃、他にも子どもがいた。

「それも五年前を最後に、ぱったりと途絶えております。五年前は五名でした。光の民は地下神殿で暮らしているそうです。あなた方がこれから行くところは、水晶宮と呼ばれておりますが、我々は行ったことがないので、どうなっているかは分かりません。詮索してはならないというのが決まりですから」

アラガキはそれが当然だと言わんばかりの態度で述べる。マホロと一緒に連れ去られた子は、マホロ以外すべて亡くなっている。それをアラガキに伝える気にはなれなかった。彼らは善意で動いている。自分たちが見送った子どもたちが、ほとんど死んでいるなんて想像もしていないに違いない。しかも五年前まで似たようなことが繰り返し行われていたなんて。その子たちは無事だろうか？

「我々は境界線まで連れていく間の数日、光の民のお世話をさせていただきました。白い髪に白い肌、何よりあなたのお顔には幼い頃の面影がございます」

懐《なつ》かしそうにマホロを見つめる。アラガキはそれ以上知っていることはないようだった。

司祭に会えば、もっとはっきり何か分かるだろう。今は怖いような、知りたいような、複雑な気持ちだ。

「あなた方は、闇魔法の一族については何か知っているのか？」

ふいにそれまで黙っていたノアが、アラガキと老婦人に尋ねた。二人は困ったような表情で顔を見合わせる。

「その昔、闇魔法の一族もこの地に住んでいたようですが、我らが生まれた頃にはもう……。彼らの集落は山を二つ越えた先なので、たとえ生き残っている者がいても、相まみえることはありません」

「彼らの集落があるのか……？」

ノアが驚いたように、腰を浮かす。校長の表情も険しくなり、すっと目が細くなる。

「伝え聞いているだけですが。とはいえ、その近くには闇の獣の巣もあり、調査は困難です。女王陛下の命令で何度か調査に向かった者がいますが、命を落とすか、負傷して戻ってまいります。負傷して戻ってきた者の話では、朽ちた屋敷跡があるだけだとか」

マホロはノアの険しい形相が気になって、何度か視線を送った。ノアは何を知ろうとしているのだろう？

「村長。もう一つお聞きしたい。ジークフリートという闇魔法の一族の若者がここに来ませんでしたか？　赤い髪色をした男です」

校長は手がかりを求めて、アラガキと老婦人に尋ねる。二人にくわしい人となりを語ったが、アラガキはここにはめったによそ者は来ないと断言した。

「ありがとうございます。では、すぐにでも司祭に会わせて下さい」

校長は腰を浮かせて告げた。とうとう、司祭と会うのかとマホロは気を引き締めて立ち上がった。

村の入り口から柵に沿ってぐるりと回り、裏手にある小川に向かった。校長は女性なので、人目のないもっと上流で水浴びすると言って去っていった。マホロたちは岩場に衣服を脱ぎ、小川に足をつけた。マホロは向こうで水浴びしろとノアに言われ、少し離れた場所で水に浸かった。マホロは気にしないが、ノアはオスカーに見せたくないらしい。先ほどは水を怖がっていたアルビオンが、意を決したように川に入り、すぐ飛び出した。濡れた毛を、身体を振って乾かしている。

小川は膝くらいの深さで、川幅は大人が腕をひろげた程度だ。汚れた身体を洗い、顔ごと突っ込んで髪も洗った。真冬だというのにこの辺りは暖かくて、水に浸かってもぜんぜん寒くない。全身を綺麗にすると、用意されていた白い着物に袖を通した。手触りのいい生地でできた貫頭衣だ。司祭に会いに行く者はこれ以外身につけてはならない決まりがあるそうで、下着もつけられず、少し心もとない。足元がすーすーする。しかもブーツも脱いで、裸足《はだし》で行かねばならないそうで、慣れない歩行に、足裏が気になった。

「マホロ、真っ白だねー」

水浴びから上がってオスカーと合流すると、浮かれた様子で言われた。オスカーは先ほどから興奮が高まっているようで、いつもよりさらにテンションが高くなっている。逆にノアはむっつりとした顔つきで、終始眉根を寄せている。けれど貫頭衣を着たノアは、神話の神様のように気品があり、美しかった。

「ノア先輩、大丈夫ですか？」

マホロが脱いだ衣服を抱えて近づくと、ノアの口元が少しだけ弛む。

「あの時と同じ流れだから、記憶がよりリアルに蘇って、どうしても暗い気分になるだけだ。俺は今回は傍観者。お前に何かあった時だけ、守る。……オリジナル魔法は使えるようだし」

ノアがマホロにだけ聞こえるように小声で言った。

「えっ⁉」

マホロはびっくりして、ノアの首元を見やった。学校ではいつもつけている銀のチョーカーは、今はつけていない。

「俺も驚いた。さっき、オスカーが見てない隙に、近くの石を砕いてみた。そうしたら、ふつうに発動した」

ノアは右手を開いたり閉じたりしながら、目を細めた。魔法は使えないはずなのに、オリジナル魔法は使えるのか。どうしてだろうと不思議に思いつつ、校長を待った。

「お待たせ、皆。さぁ、荷物を置いたら会いに行こう」

ややあって校長が現れ、合流して歩きだす。アラガキが姿を現し、マホロたちの荷物を受け取って老婦人に手渡した。司祭と会っている間、ここで預かってもらうのだ。

「では参りましょう」

アラガキが背中を向けて、大きな岩が並んでいる祭祀場《さいしじょう》へ向かう。

水浴びしている最中も気になっていたのだが、どうやら遠くから見えたあの岩が並んでいるところが神殿らしい。近づくにつれ、それがどれほど大きな岩か分かった。三メートルはありそうな巨岩ばかりが、丘の上にサークル状で置かれていた。中央の広さは、演習場と同じぐらいある。円形に置かれている巨岩の中には、巨岩と巨岩の上にさらに巨岩を重ねているものもある。どうやってこんな大きな岩を持ち上げたのだろう？

「ここは神聖な場所。環状列石です。ここが司祭の待つ地下神殿への入り口です。招かれる者は招かれ、招かれない者はこの場に留まる。そう聞かされています」

アラガキが巨岩の並ぶ空間の中央に立って言う。校長の顔に緊張が走る。校長としてはこの場にいる全員が招かれるのを期待しているのかもしれない。

巨岩はよく見ると、それぞれ見たことのない記号が記されていた。何かの形を模したものだと思うが、それらが中央を起点としてぐるりと囲むように刻まれている。

「うっわー。いかにも古代文明って感じ」

オスカーは興奮を抑えきれない様子で、上擦った声を上げる。マホロはくっついてきたアルビオンをどうしようか悩んでいた。

「ダイアナは一番奥へ、ノアはその隣へ、オスカーは手前へ、そしてマホロ様はここです。その子は預かりましょうか？」

アラガキはマホロたちをじっくり眺め、一人一人をそれぞれ巨岩の前に配置した。アラガキが手を差し出してきたので、マホロはアルビオンを手渡そうとしたのだが、頑《かたく》なにしがみついて、アルビオンが拒絶する。仕方ないので腕に抱えることにした。使い魔も一緒で大丈夫だろうか？

校長が立った場所には雷のようなマーク、オスカーが立った場所には鳥らしきマーク、ノアが立った場所には十字のマーク、マホロが立った場所には手のマークが記されていた。それぞれどういう意味があるのか気になったが、質問している時間はなかった。

「では、ご無事をお祈り申し上げます」

司祭はそう言って、巨岩で囲まれた場所から外へ出ていった。

「え？　ここからどうや……」

マホロが首をかしげて呟いたとたん、地面がいきなり発光した。マホロの足元に光の筋がいくつも走り、魔法陣を描いていく。呆気に取られて光の筋を目で追っていると、虹色の光が空に向けて放たれた。それはやがて眩しいほどの白い光に変わり、マホロは視界がきかなくなった。

（何も見えない――）

眩しくて思わず目を閉じる。足元が一瞬ふわりと浮き上がった気がして、びっくりして中腰になる。次に目を開けたマホロは、景色が一変したのを知った。

「わ、あ……」

マホロは感嘆して、辺りを見回した。

先ほどまで巨岩が立ち並ぶ野外にいたのに、今は大きな神殿らしき建物の中にいた。壁や天井は光り輝いている。おそらく水晶だろう。きらきらとまばゆいばかりの透明な輝きだ。大きな柱が奥に向かって二列、等間隔で並んでいる。

マホロたちが現れた場所には大きな祭壇があった。長い蠟燭《ろうそく》が祭壇の両端に置かれていて、片方は半分くらいで火が消え、もう片方は残り数センチのところで火を揺らめかせている。祭壇の上には青銅でできた杯と、平たい器が置かれていた。杯にはお酒が、器には水が満ちている。祭壇の奥には、水晶で造られた竜の像が飾られていた。アルビオンを床に下ろすと、辺りの匂いをクンクン嗅《か》いでいる。

「えっ、すごい。何、ここ。さっきまで、外だったのに」

オスカーは手を叩いて喜び、辺りをうろつき始める。神殿内は静かで、物音一つしない。生き物の声はない。マホロはどこか懐かしさを感じて、戸惑った。この静けさ——覚えがある。

「ここが水晶宮と呼ばれているところだが……。おかしいな。誰もいないのか……？　前回は、ここで司祭が待ち構えていたんだが」

校長は訝《いぶか》しげに神殿内を見回し、ノアを窺《うかが》う。ノアも同じくここで司祭と会ったようで、流麗な眉を顰《ひそ》めている。

「我々が来るのは分かっているはずなんだが……」

校長は人気《ひとけ》がないのを不審に思い、どうすべきか悩んでいる。ノアも何だか不安そうな表情だった。オスカーだけがはしゃいで、勝手に歩きだしている。

「オスカー、落ち着きたまえ」

校長の制止を聞かず、オスカーが振り返って舌を出す。オスカーがどんどん奥へ行ってしまうので、マホロとノア、校長、アルビオンも追うしかなかった。床も水晶なのか、透明できらきらしていて落ち着かない。両脇に太い柱のある長い道を、ひたすら進んだ。人っ子一人いない。

「どうして誰もいないのだろう？　司祭はどこへ？」

校長の表情はすぐれない。

「前回はこんなに奥へは来なかった……」

ノアが神経質そうに周囲を窺う。ギフトを与えるには先ほどの祭壇の前だけですむそうで、ここは初めてだという。

「誰か！　いませんか！」

校長は大声を上げる。柱の連なる廊下は長く続いた。どこまで続くのだろうと不安になった時、柱の陰に誰かが倒れているのが見えた。

「校長、あれ……」

最初に気づいたマホロが校長の肘を突くと、サッとノアが青ざめ、駆けだした。すぐにオスカーと校長も走りだす。マホロも慌てて皆を追った。

冷たい水晶でできた床に、白い貫頭衣を着た男性が仰向けに倒れていた。首をざっくり斬られていて、噴き出した血はすべて乾いていた。ひと目で亡くなっているのは明らかだった。多分、数日前には、もう……。

「私の記憶に間違いがなければ彼は司祭では……？　ノア、どう思う？」

校長に確認するように聞かれ、ノアが息を呑みながら「司祭だ」と呟く。アルビオンが司祭の身体に鼻を押しつける。

「何ということだ。殺されている」

　校長は青ざめてしゃがむと、司祭の顔を覗き込んだ。マホロも同じようにして、ハッと気づいた。司祭と呼ばれた男は真っ白の髪に真っ白な肌をしていたのだ。自分と同じ――この人もやはり光魔法の一族だったのだ。絶命した時に目を見開いたのだろう。とうに亡くなっている今も、その目は何か恐ろしいものを見たように開かれている。

　その顔を見ていると、マホロはしだいに落ち着かなくなってきた。この人を知っているような気がする。どこか懐かしいような、胸のざわめきがある。

（マギ……ステ、ル……）

　頭の中に浮かんできた言葉が何か分からない。動揺して、マホロは遺体から数歩後ろに下がった。

「嘘だろ、じゃあ俺のギフトは？」

　オスカーはかなりショックを受けていて、必死の形相で司祭の身体を揺さぶる。その反動で、司祭の身体にかかっていた白い花がこぼれ落ちた。よく見ると、司祭の身体の周りに、白い花が供えられている。誰かがここに花を置いた――。

「こいつだ、間違いない。俺にギフトを寄こした男……」

　ノアは司祭をじっくり観察して、大きく身体をわななかせた。

「自分で首を斬るとは思えない。我々が来る前に、誰かが司祭を殺害したのだろう。まいったな、私はこの神殿についてくわしくない。この先に何があるのか、司祭以外に誰がいるのかさえ分からない。ノア、マホロ君、何か分かるか？」

校長は司祭から離れると、想定外の事態に途方に暮れて頭を抱えている。

「俺もここまで来たのは初めてだ。司祭は奥へ入るのを許さなかったから」

ノアが気を呑まれたように呟く。

「司祭にジークフリートについて聞こうとしたらこの始末。やったのは、ジークフリートだろうか？　司祭を殺害したのは何のために？　まさか他の奴らにギフトを与えないためか……？」

校長は顎《あご》に手を当て、考え込んでいる。マホロはふと顔を上げた。少し先の柱の陰からこちらを窺っている小さな影を見たのだ。

「君……」

マホロが声をかけると、小さな身体がびくりと震える。だがマホロを見て、同族と分かったのだろう。何しろ、マホロと同じく白い髪に白い肌をしていた。そろそろと柱の陰から出てきたのは七、八歳くらいの少女だった。腰まで伸びた白い髪が揺れている。

「光魔法の一族かい？　我々は怪しい者じゃない」

校長が静かに少女に近づいていく。少女は一瞬逃げようかどうしようか迷ったそぶりを見せたが、校長が優しそうなおばあちゃんだと思ったのか、その場に留まった。マホロも驚かさないようにゆっくりと少女に近づく。

「私はダイアナ。司祭に会うために外からやってきたんだ」

校長は少女の前で膝を折り、ゆっくりと話しかける。少女の手には白い花が握られていた。司祭の身体の周りに花を置いていたのはこの少女らしい。今気づいたが、生花と見まごうばかりの造花だった。

「司祭に何があったか、知っている？　何故、司祭は……亡くなってしまったのだろうか？」

校長は近づこうとしたノアとオスカーをその場に押し留め、少女に聞く。

「司祭様……、司祭様……」

少女は司祭の死を改めて実感したのか、ぽろぽろと涙をこぼし始めた。校長は少女の涙が止まるのを辛抱強く待つ。

「司祭様をあの男が訪ねてきたの……。前も来た男……。赤毛の闇の民……」

少女は涙を拭《ぬぐ》ってぽつりぽつりと口を開く。闇魔法の一族——マホロは身体を強張らせた。やはりジークフリートがここへ来たのだ。

「あの人は司祭の咽《のど》を……、こうして……」

少女がナイフで首を斬るしぐさをする。校長が無念そうに目を伏せる。

「司祭様は倒れて動かなくなった。私は駆け寄ろうとしたけれど、姿を見せちゃいけないって言われて。奥に隠れていた」

「奥にはまだ人がいるんだね？　それは何日前の話？」

校長が息を震わせて聞く。

「十日前の話。ねえ、あなたたち、外の人でしょう？　司祭様の身体を外に運び出してくれない？　私たち、穢《けが》れに触れると寿命が縮むの。時を止めているけれど、そろそろ限界よ。あのままだと腐ってしまうわ」

少女にあどけない顔で頼まれ、マホロたちは顔を見合わせた。穢れとは、人の死、という意味だろうか？　穢れに触れると寿命が縮むなんて、何て繊細で脆《もろ》い命だろう。それに時を止めていると言った。どういう意味だろう？　そもそも十日前に亡くなったようには見えなかった。十日前ならとっくに腐敗が始まっているはずだ。

「分かった。帰る時に彼の遺体を持っていくよ。私たちは司祭に聞きたいことがあって来たんだけどね……。他に話せる大人はいないだろうか？」

校長が立ち上がりながら聞く。

「大人はいない。ねぇ、あなた。大人になれたのね、羨《うらや》ましい。私も大人になりたいな」

少女に純真な瞳で見つめられ、マホロは戸惑って何も言えなかった。光魔法の一族は寿命が短いというのは本当なのだ。こんな幼い少女もそれを自覚している。自分はここにいたのだろうか。この空間に見覚えがあるような気もするが、はっきりした記憶はない。

「ああ……、せっかくここまで来たのに、無駄足だったのか」

オスカーが悔しそうに髪をぐしゃぐしゃと掻き乱す。ギフトをもらうためにここまで同行したオスカーは、司祭の死を誰よりも嘆き悲しんでいる。逆にノアは少しホッとした様子だった。少女はオスカーの悔しがる様子に不思議そうに瞬《まばた》きをした。

「彼はギフトをもらいたがっていたんだ」

校長が苦笑しながら説明した。すると、少女が笑いだした。

「何だ、そんなこと。私が次の司祭だもの。ギフトなら、私があげるわ」

　ふいに少女の目が黒から金色に変化した。と思う間もなく、少女の長い髪が逆立ち、衣服が風をはらんだ。驚くマホロたちの前で、少女の身体の周りに火花が起きた。手を伸ばそうとすると、ばち、ばちっと音がして鋭い痺れが走る。アルビオンが激しく吼《ほ》え立《た》てた。

『私は光の使者、光の剣、光の盾、時を統《す》べ、死を招く。すべての物象は生生流転《しょうじょうるてん》し、らせんを描く。万物は帰依する。私は光の民、光の言葉、光の命を授ける』

　少女は金色に光る目つきでオスカーを見上げ、朗々と歌い始めた。少女のものとは思えない、低くしゃがれた声だった。その歌を聞いたとたん、ざわりと鳥肌が立った。昔、こんなフレーズを聞いたことがある。

　あれは確か――。

「まぁ、あなた。ギフトをあげられるわ」

　少女はオスカーを見つめ、微笑んだ。オスカーはぽかんとしていたが、すぐに目を輝かせ、少女に向かって両手を広げた。

「俺は欲しい！　さらなる力が欲しい！」

　オスカーがそう叫んだ刹那《せつな》、少女はオスカーに指を向けた。少女の指から光の筋が飛び出し、オスカーの左目を貫く。

「ぎゃあああああ……ッ!!」

　オスカーは左目を押さえて、床に倒れた。マホロたちは驚いて、硬直した。アルビオンが甲高い鳴き声を上げて、後ずさる。少女は床に倒れたオスカーを見下ろし、天使のような微笑みを浮かべた。

「オスカー‼」

ノアが青ざめてオスカーの身体を抱き起こした。

「ひっ」

マホロは息を呑んで、横にいた校長にくっついた。オスカーの左目から血があふれ出し、押さえている手が血で真っ赤になっている。目が潰されていた。マホロは恐怖で震えて、その場に尻もちをついた。

『お前に与えるギフトは《誘惑の眠り》。その代償は、左目』

少女は何事もなかったかのように、オスカーに囁《ささや》く。まるで老人の声だ。オスカーはギフトをもらった。その代わりに失ったものは——左目だった。家族に対する愛情が深くないと言ったオスカーは、自身の肉体をとられた。

「——まぁ、あなた。あなたにはもう一つ、あげられるわ。とても珍しいのよ、二個ももらえるなんて」

ふいに、少女が軽やかな声でノアを見つめた。マホロは心臓を直接手で掴まれたような気がして、背筋を震わせた。もう一つ、と言ったのか？　ノアはすでに一つギフトをもらっている。まさかこの上、もう一つ——。ノアが恐怖に駆られた様子で、オスカーから身体を離し、後退する。

「俺は望んでいない！　俺はもうたくさんだ！」

ノアが悲痛な声で叫び、その場から逃げ出そうとした。少女はふわりと飛び上がり、毛を逆立てたままノアの背中に指を向けた。いけない、止めなければとマホロは手を伸ばした。咽がカラカラになって声が出ず、怖気《おぞけ》が立つ。

ノアはマホロが心配だからとついてきてくれた。ギフトを二つももらう人などいないと思っていたからだ。そのノアがまた苦しい思いをするなんて——。

「駄目だ！」

マホロは少女の背中を摑もうとした。だが、少女の身体は今や爆《は》ぜるほどに激しい火花が渦巻いていて、触れる前に撥《は》ね飛《と》ばされた。

『お前に与えるギフトは《空間消滅》。その代償は——愛する者』

少女の指から光の筋が飛び出し、逃げようとするノアの背中を貫いた。

——その時、マホロの全身を、強烈な痛みが襲った。

「え……」

咽に何か詰まっている。そう思って吐き出そうとすると、大量の血が口からこぼれ落ちてきた。

「マホロ君！」

傍にいた校長が悲鳴を上げる。ノアが振り返り、絶望を浮かべる。マホロは身を折って、続けざまに床に血を吐いた。手足に力が入らなくなり、まともに息ができなかった。視界は徐々に狭まり、全身を痙攣《けいれん》が襲う。一体何が起きたのだろう。恐ろしいほどの激痛は一瞬で過ぎ去った。

校長の声やノアの声が遠くから聞こえる。誰かがマホロの身体を抱き上げたのが分かったが、その時すでに意識は途絶えかけていた。

「ギフトをあげられるのは二人だけね」

耳もろくに聞こえなくなっていたのに、何故か少女の愉《たの》しげな声だけが頭に入ってきた。

そして、それを最後に、マホロは何も分からなくなった。

7 マギステル

どこからか歌声が聞こえて、マホロはゆっくりと目を開けた。

どこまでも白く続く空間に自分はいた。いや、いた、というのは間違いかもしれない。自分の手を見ようと持ち上げたつもりだが、そこには何もなかった。自分の足も、身体も、何も存在しない。触ろうとしても触れるものはなく、物質という感覚は存在しなかった。

意識だけがそこにある状態——自分はどうなったのだろうとマホロはぼんやり考えた。

死んだのだろうか？

うっすらと記憶にあるのは、ノアの絶望したような表情。確か血を吐いて倒れたはずだ。ノアは二つ目のギフトを渡され、その代償に愛する者の命を奪われた。それが自分だとすると、ノアの愛は本物なのだ。そう思うとどこか嬉しいような、満たされるような気持ちが湧いてくる。

だが自分が死んだら、ノアは悲しみに打ちひしがれるだろう。育ての母親の死を未《いま》だに引き摺っているノアにとって、二度目の愛する人の死はいかばかりの苦しみか。そんな苦しみを背負わせてしまったなんて、ノアには謝っても謝り切れない。

ノア先輩。ごめんなさい。

ノアについて考え始めると悲しみが押し寄せてきて、胸が苦しくなった。自分はとっくにあの人を好きになっていたのかもしれない。口が悪くて困った人だが、惜しみない愛情を注いでくれた。コンプレックスに感じていた白い髪や白い肌を好きだと言ってくれて、どれほど自信に繋がったか分からない。ノアに褒《ほ》められると、自分が認められていると思えた。

最後にこんなつらい思いをさせるなんて、ノアに申し訳ない。

マホロは悲しみを抱えながら、ノアを思い描いた。もう一度ノアに会いたい。ノアの姿を見たい。そう思ってどこまでも続く白い空間を移動していると、どこからかマホロを呼ぶ声がした。

『マホロ……マホロ……』

最初はノアかと思い心が浮き立ったが、声はもっと落ち着いた男性のものだった。

意識を辺りに向けてみると、白かった空間に人の形が浮かんできた。白い貫頭衣を着た男がマホロの前にすうっと立つ。神殿に倒れて、絶命していた男——司祭と呼ばれた光の民。

マホロは彼と目を合わせたとたん、一気に過去の記憶が蘇った。

『マギステル！』

気づいたら、そう叫んでいた。

ああ、そうだ。どうして忘れていたのだろう。この人は——この司祭はマホロにとって大切な人。マギステル——師であり、一族の長《おさ》。マホロたち光の民を仕切っていた男だ。マギステルの言うことは絶対、マギステルの教えに従うこと、生まれた時からそう言い聞かされ、過ごしてきた。マギステルの真の名前は知らない。

『マホロ、成長したな』

マギステルは微笑みひとつ浮かべず、マホロを見つめた。今なら彼の異質さが理解できる。マギステルには感情がない。だからこそ司祭になれたし、一族の長になれた。古《いにしえ》より脈々と受け継がれてきた掟《おきて》を実直に遂行する。それがマギステル。

『俺は死んだのですね』

マギステルと出会ったことで、マホロはそう確信した。マギステルの死体をこの目で見た。だとすればここは死者の世界に違いない。

『お前は仮死状態にある。ここは幽界。私が踏み留まっている世界だ。あちら側に行けば、私の魂は生まれ変わり別の人生を歩んでしまう。私にはまだやるべきことが残っているのだ。ここに留まり、現世に干渉するしかない。あの闇魔法の一族の男が私を殺しに来るとは思わなかった。彼に明かしておくべきだったな。私が死んでも別の者が同じ役割を果たすだけだと……』

マギステルは淡々と説明する。マギステルの指し示す方向に光の道ができた。きらびやかで心が晴れやかになるような明るい光を感じる。マホロもそっちへ行きたくなった。いい匂いがするし、楽しげな音楽も。人々の笑い声さえ聞こえる気がする。マギステルはよくこの場に留まっていられるものだ。どうしてあちら側に行きたくならないのだろう。

マギステルはやるべきことが残っていると言った。ふとその言葉が胸に引っかかり、マホロは疑惑が湧き上がってきた。幼い頃、マギステルと共に地下神殿から外へ出ていった時の記憶が蘇ったのだ。

『マギステル……あなたは』

マホロはマギステルの前で声を絞り出した。すると不思議な現象が起きた。マホロの身体に形が出来始めたのだ。しかも元の形ではなく、白い子鹿に。マホロは白い子鹿の姿でマギステルの前で震えた。

『私を恐れているのか。マホロ、顔を上げなさい』

マギステルは抑揚のない声でマホロを見下ろした。恐れている――そう言われ、マホロは自分の不安の正体について気づいた。

『マギステル……、何故、俺たちをあの男に引き渡したのですか？』

マホロは思い切って顔を上げ、マギステルに問うた。

五歳になった頃、マホロを含めた光の民の子どもたち十一名が、マギステルやアラガキと共に地上に向かった。大きい子は十歳、小さい子は三歳くらいだった。夜の間だけ地上を歩き、地下通路を通ってこの島を出た。マホロたちは初めて見る外の景色に心を奪われていた。太陽を浴びると生きていけないこの身体にとって、地下神殿以外で過ごすことなどないと思っていた。

マギステルはマホロたちを島の外へ出すと言った。待っていた船に乗せられ、マホロたちは狭い船底に入れられた。船を動かす男たちと、マギステルが話していたのを覚えている。

『絶対に太陽を浴びせないこと、この後の手筈《てはず》はサミュエル・ボールドウィンに託してある』

マギステルはそう言ってマホロたちを男に引き渡した。

その後は、船でどこかの港に運ばれ、二台の馬車に分かれて乗ってあの研究施設に連れていかれた。

人体実験を行ったあの施設にマホロたちを向かわせたのは――マギステルだったのだ。

『なるほど。そのせいでお前の形はそうなっているのか』

マギステルは納得したように頷いた。

『私はサミュエル・ボールドウィンを利用した。それはすべてお前たちの心臓に、竜の心臓を埋め込むため』

思いがけない言葉が飛び出し、マホロは戸惑った。

『竜の……心臓？』

何を言っているのか理解できなくて、マホロは言葉を繰り返した。

『あの男は、賢者の石だと言っていただろう？』

マギステルの表情が初めて弛む。もしかして今のは笑ったのだろうか？

『あの男は三つの条件を探していた。その一つが賢者の石を抱く光の子だった。それを知っていた私は竜の心臓を賢者の石と偽って彼に与えた。そして我ら光魔法の一族の子どもの心臓に埋め込めば条件を満たしたことになると囁《ささや》いたのだ』

話についていけなくて、マホロはマギステルのよく動く口を凝視した。マギステルが自分たちを研究施設に送ったと気づいた時、マホロはマギステルが金欲しさか、脅《おど》されてそんな真似をしたのだと思った。それ以外に一族の子どもたちを渡す理由など考えられなかったからだ。

けれどマギステルはそんな動機で行動していなかった。

『何故そんなことを？　と思っているね。無理もない。お前たち子どもにはこんな話はしていない。我ら光魔法の一族は短命だ。長く生きて十七年。ほとんどは十四歳か、十五歳で亡くなる。だが我らには長く生きられる特別な方法があるのだよ。それは、竜の心臓を移植すること――』

マギステルは右手を天高く掲げた。すると、どこからか虹色に輝く石がマギステルの手に落ちてきた。まばゆい光を放つ石――これが竜の心臓？

『ただの竜の心臓ではない。魔法石を大量に食べさせた竜の心臓だ。魔法石を蓄えた竜の心臓は虹色に輝き、取り出すと特別な魔法石になる。いわゆる増幅器――この石を持てば、魔法の威力が何倍、何十倍に跳ね上がるだろう』

誇らしげにマギステルは言い切った。マホロは自分の胸辺りを確認した。自分の胸に埋め込まれた石は、魔法石を大量に食べさせられた竜の心臓だったのか。

『我らは時々そうやって長命の光の民を作る。私もお前と同じく、竜の心臓を埋め込まれてなおかつ生き延びた一人だ。金持ちの中には私が偽りの情報を囁くと鵜呑《うの》みにする者がいる。私が司祭と呼ばれる特別な光の民だから。サミュエル・ボールドウィンは神国トリニティとやらの復活を願っていた。そのために賢者の石を抱く光の子を探していた。私が話を持ちかけると、簡単に乗ってきたよ。お前以外の子が死んでしまったのは残念だが』

ちっとも残念だと思っていないような口ぶりでマギステルは述べる。

『どうしてこんな真似を……。せめて、自分たちでやるとか、他に方法はなかったのですか？』

マホロは嫌悪を感じて、マギステルを責めた。

『我々にはそれだけの技術がない。女王の治世で医療はかなり進歩しているが、我ら光の民や森の人たちには、技術の発展は望めないのだ。我らは技術を持たない代わりに、高度な魔法を扱える。この島の神と対話するためには、科学技術を拒絶しなければならないのだ』

何を言ってもマギステルの心は揺らがない。一連の行為はマギステルが始めたわけではないのだと悟った。昔からそういう手法で、一族を生き永らえさせてきたのだろう。

『嘘を……』

マホロは妙に疲れを感じてうつむいた。

『そこまでして……するべきことだったのでしょうか？』

たくさんの子どもを死なせてまでやる意味はあったのだろうか？　マホロ以外は皆、死んでしまった。短命とはいえあと十年は寿命が残っていた子どもがほとんどだ。地下神殿で暮らしていたほうがよかったのではないだろうか？

『種《しゅ》の保存のためだ。光の民を絶やしてはならない。すべては闇魔法の一族を根絶やしにされたことが原因だ。闇魔法の一族がいた頃は、彼らと婚姻して子孫を増やすことが可能だった。だが今や闇魔法の一族は数えるほどしか残っていない。幼い光の民同士では、子孫を増やせない。十人死のうが一人生き残って子孫を残してくれればいいのだ。お前は大人になった。私は時間を往き来できるから、お前がこの地下神殿に戻ってくるのは分かっていた。マホロ、お前は地下神殿に戻り、私の代わりに司祭の役目を果たせ。そして、闇魔法の一族か、子を生《な》せるまで生き延びた光の民と子を作るのだ。それがお前に与えられた役割だ』

マホロは顔を歪めて、マギステルから退《しりぞ》いた。蹄《ひづめ》のついていた脚の形が、元の人間の足に戻る。足が変化すれば手も変化した。すぐに身体も、顔も頭も、元のマホロのものに戻っていく。

自分の役割はマギステルの代わりと、種馬のようなものだったのか。なんておぞましい。吐き気がする。

『俺はもう死んだのでしょう？　上手くいかなくて残念ですね……』

マホロは虚しくて、乾いた笑いを漏らした。

『お前は今、仮死状態だと言ったろう。案ずる必要はない。竜の心臓は再生能力に長《た》けている。そちらの道を行けば、お前は死なないはずだ』

マギステルが光の道とは反対方向を指差す。するとそこには真っ暗なトンネルが現れた。どんよりした湿った空気と、陰鬱《いんうつ》な声がトンネルから聞こえてくる。とても入りたくない。トンネルの穴は小さく、這っていかなければならないだろう。

『俺は行きたくありません……』

マホロは嫌悪するように身を引いた。

『躊躇《ちゅうちょ》していると死んでしまうぞ。今、誰かがお前を蘇生させようと、心臓マッサージをしている。時間がない。お前に死なれては苦労して竜の心臓を埋めた甲斐《かい》がない。行くのだ、マホロ。光の民を守るのだ』

マギステルの形相が険しくなり、マホロの背中を押すようにして暗いトンネルの中に入れようとする。嫌な臭いもする。入りたくない。光の道へ向かいたい。どうせ生き返っても、種馬としての人生しかないなら、このままここで絶えてしまいたい。

『何故あなたは生き返らないのですか？　あなたもこの道を進めばいい』

マホロは拒絶するように身体を丸めた。

『残念ながら私の第二の寿命は尽きている。私にはどうやってもこの道は戻れないのだ。マホロ、お前を呼ぶ声が聞こえないのか？』

マギステルが穴の中にマホロを押し込めようとする。何も聞こえない、と思ったが、耳を澄ますと、ノアの声が聞こえてきた。マホロの名前を何度も呼んでいる。その声は徐々に大きくなる。胸を引き裂かれるような悲痛な声だ。マホロはそれを聞きながら、穴の中に一歩を踏み出していた。

『それでいい』

満足げにマギステルが頷く。

マホロはふと、マギステルを振り返った。

『俺に……門を開けろと言っていたのは、あなただったのですか？』

小さい頃から光の渦が近くにあって、マホロに時々話しかけていた。門を開けろ、門を開けるのはお前の役割だ、と。

『何だ、それは？』

マギステルは怪訝《けげん》そうに問い返した。てっきりマギステルがあの光の渦だと思っていたのに、違うのか。マホロは困惑したままトンネルの中に入った。では一体、あれは何なのだろう？　マホロに向かって門を開けろと言っていた声は――。

マホロはノアの声に引っ張られるように、じめじめと昏《くら》く空気の淀《よど》んだ穴を這い続けた。腐臭と身体を走る耐えがたい痛みで、気持ちが何度も萎えた。手足は傷だらけで息も上手く吸えない。こんな思いをして行きたくないと思うたびに、ノアの声が聞こえてもう少しだけがんばろうと這い続ける。

トンネルの先に、ようやく明るい光が見えてきた。

マホロはそこに向けて、一気に這い出した。

「――マホロ!!」

マホロは声につられて目を開けようとした。だが瞼《まぶた》が重くて、痙攣《けいれん》して薄くしか開かなかった。再び全身に耐えがたい痛みが襲っていた。自分を覗き込むノアの顔、校長の顔がマホロの視界に飛び込んでくる。口の中が鉄の味でいっぱいだ。腕も足も重くて動かせない。呼吸するたびに胸が苦しいし、口から顎、咽《のど》にかけてべたべたする。

「マホロ、しっかりしろ！　絶対に死ぬな！」

ノアの美しい顔が涙で歪んでいる。何が起こったのかよく分からなくて、マホロは苦しげに咽を震わせた。ここはどこだろう？　青空が見えるということは、地下神殿ではないのだろうか？　あの少女やオスカーは？　マギステルと会っていたような……。

「これは大変だ！　村に運びましょう、すぐに薬を」

アラガキの声がどこからか聞こえてくる。身体がふわりと浮いて、ノアがマホロを抱き上げたのが分かった。視界が切り替わって、校長がオスカーに肩を貸している姿が見えた。

「彼は左目からの出血がひどい。医師はいますか？」

「我々の村には祈禱師《きとうし》がいるのみです。ですが、彼の薬はよく効きます」

「何でこんな時に回復魔法が使えないんだ！」

人々の声が入り交じっている。とりわけノアの声は荒々しい。自分を抱き上げているノアの手がひどく冷たい。小刻みに震えているようだし、雨が降っているのかと思うほど涙がマホロの頰に落ちてくる。

「こんなところに来るんじゃなかった……、お前が死んだらあの少女を殺す、あの地下神殿を破壊する！　全部、壊す、何もかも許さない……っ」

ノアの吐き捨てるような声が頭の上で響く。自分が死にそうになるとノアはこんなに壊れてしまうのか。苦しい思いをしても現世に戻ってきてよかったと思った。耐えがたい痛みと苦しみに苛《さいな》まれても、ノアがまともでいられるほうがずっといい。

ノアを慰めてあげたかったが、呻《うめ》き声《ごえ》しか口から出てこなかった。

身体中、痛くて意識を保っていられない。

マホロはノアの腕の中で、途切れる意識と闘っていた。

　森の人の村でマホロは治療を受けた。治療といっても薬湯《やくとう》と祈禱という前時代的なもので、マホロは四日間、生死の境をさまよっていた。血を吐いて倒れたマホロは内臓のどこかを損傷したらしく、快復するまで時間がかかった。校長たちはマホロを、回復魔法が使える境界線の外に運び出したいと考えていたが、動かすには危険な状態で、神に祈る日々だったという。

　マホロがわずかに回復した頃合いを見計らい、手作りの担架に乗せ、カーリーと兵士がマホロを搬送することになった。無理はできなかったので、移動はゆっくりと行われた。三日かけて来た道を、倍の時間かけて戻る計画だ。再び《悪食の幽霊》と出会ったらどうすべきか校長たちは不安を抱えていたようだが、このままここに留まっていても仕方ないという判断だ。

　ノアはずっとマホロを気にかけていた。ほとんど食事もとっていないようだし、夜も寝ていないのか目の下にクマができている。病人のマホロが心配しても仕方ないのだが、やつれていくノアを見るのはつらかった。

　二日かけて地下道を抜けて地上に出ると、修道院に戻ってきた。外は真っ暗で、今夜はこれ以上進むのは危険だと一泊することになった。マホロは敷き詰められた毛布で痛みと闘っていた。薬湯は咽を通らず、視界もうつろで、ずっと手を握っているノアの気配だけを感じていた。

　動揺したようなカーリーの声がしたのは、しばらくしてからだった。

「外に穴を掘った跡があるが、何も入っていない……。それに兵士からの書き置きがない」

　カーリーの発言は校長や赤ら顔の新米兵士を混乱させたようだ。

「まずいな。ひょっとして火葬しなかったのかもしれない。彼に任せるのは荷が重かったか」

校長が暗い声で呟く。

「もし、火葬していなかったら……?」

「おそらく《悪食の幽霊》に襲われた兵士が不死者となり、運んだ兵士を襲ったのだろう。あるいは《悪食の幽霊》そのものに襲われたか」

「そんな……」

「近くにいるかもしれない。不死者は人の肉を好む。見つけ次第、倒さなければ。マホロ君を連れている以上、逃げるのは困難だ。銃を常に携帯しておいてくれ。いいかい、不死者は脳を壊さない限り、動いている。必ず頭を狙えよ」

校長と兵士たちの会話が漏れ聞こえてくる。ノアはその話に興味がないのか、マホロの傍につきっきりだ。あの兵士は不死者になってしまったのだろうか? 夢うつつに胸が痛んだ。

夜が明けた頃、マホロは再び身体を持ち上げられた。担架に揺られながら修道院を出て、森の中を移動する。

異変を感じたのは、急に辺りが静かになった時だ。

「あ、あれ、は……」

カーリーがマホロを乗せた担架を地面に下ろし、上擦った声を上げる。前方に何かいるらしく、カーリーや兵士、校長が銃を構える。悪寒を感じて重い頭を動かすと、異臭がした。生ものが腐ったような臭いで、鼻につく。

「不死者だ。しかも二体!」

校長の険しい声がして、緊張が走った。茂みが揺れる音が近づいてくる。マホロの目にも、遠目に異形なるものが見えた。全身の肉がただれ、腐った臭いを撒《ま》き散《ち》らしながらゆっくり歩いてくる。迷彩服と帽子で、地下道で別れた兵士たちだと分かった。

「クソ……ッ、何でこんなことに……、ブラウン、マック……」

カーリーの苦しそうな声が聞こえる。兵士の名前だろう。自分の部下を撃ち殺さなければならない事態に、大きなストレスを感じているのだ。

「——どけ」

悲壮さを漂わせたカーリーの前に割り込んできたのは、ノアだった。ノアは丸腰で、何の躊躇もなく不死者に近づいていく。

「ノア⁉」

校長の驚愕《きょうがく》した声が響く。ノアは右手を前に伸ばして、不死者を見据えた。

「邪魔だ」

一言ノアがそう呟くなり、大きな破裂音が響いた。同時に周囲に肉片がばら撒かれた。マホロたちのいる場所までは届かなかったが、すぐ近くの地面に鋼鉄のかけらや端切れ、泥に似た何かが撒き散らかされる。

「な、あ、あ……」

カーリーと兵士は度肝を抜かれたように、その場に尻もちをついた。

「ノア！　い、今の力は……、あれが《空間消滅》……なのか？」

校長も息を呑み、声を震わせている。ノアは無表情で手を下ろし、尻もちをついているカーリーたちを振り返った。ノアは近づいてきた不死者を二体、粉々にしたのだ。不死者はミンチにされ、地面を汚した。

「留まっている時間が惜しい。先を急いでくれ」

抑揚のない声でノアが告げ、カーリーと兵士は真っ青になってマホロの担架を持ち上げた。ノア以外はノアのすさまじい力に恐れおののいている。

「強大な力を手にしてしまったな……敵に回したら厄介だ」

再び動きだした一行の後ろで、校長が独り言ちた。ノアだけが何事もなかったように、マホロにつき添っている。やがて異臭が消えると、マホロは息苦しさが少しだけ薄れて目を閉じた。


最初に訪れた神殿では、兵士たちのメモ書きが置かれていた。煙草《たばこ》の吸《す》い殻《がら》を神殿に捨ててしまった兵士と連れ添った兵士は、カーリーたちの帰りが予定より遅れたため、携帯していた食糧が底をつき、先に戻るとメモを残したのだ。

神殿からさらに三日かけてマホロたちはやっと境界線に辿り着いた。森の人に食料を分けてもらわなければ、とっくに足りなくなっていただろう。校長が岩山の前で杖を取り出し、名乗る。すると岩山に扉が現れ、マホロたちは外に出ることができた。

「ああ、やっと魔法が使える」

ローエン士官学校の敷地内である森に入ると、校長が大きく伸びをして自分に魔法をかけた。校長の顔からしわが消え、縮んでいた手足が伸び、若々しい身体つきに戻る。校長は担架に横たわるマホロの傍に立ち、杖で模様を描き始めた。

温かな光が身体に注がれる。校長の回復魔法で、身体の内部の傷ついた部分が修復されていくのが感じられる。ノアも一緒に杖を取り出し、マホロに回復魔法をかけた。

「本当にひどい状態だったな。君が生きていられたのは奇跡だよ」

校長とノアは長い間マホロに回復魔法をかけていた。校長のこめかみを汗が伝い、ノアの息が荒くなり、かなりの集中力をもって魔法をかけているのが伝わってくる。魔法が全身に行き渡ると、呼吸が楽になってきた。全身の痛みが引き、意識もはっきりしてくる。

「うっ」

校長が顔を顰《しか》めてしゃがみ込む。校長の杖に嵌《は》め込《こ》まれていた魔法石がすべて割れて、光となって消えた。魔法石の力をすべて使い切ってしまったのだ。ノアの杖の魔法石も同様に割れて、消滅した。

「これが限界だ。マホロ君、どう？」

校長が息を荒らげて言う。マホロは起き上がろうとした。すぐにノアが支えてくれて、久しぶりに視界が広がる。腕は細い枝みたいになっていた。痛みは消えたが、全身に力が入らない。

「大丈夫……です。多分。痛みは引きました」

マホロは一息ついて、笑おうとした。顔の筋肉が強張っていて、上手く笑えない。ずっと寝たきりでろくに食事もとっていないから、ふらふらだ。

「マホロ……よかった」

安堵したノアが抱きしめてくる。綺麗なノアの顔が汚れているのが気になる。目の下は窪《くぼ》んでいるし、マホロだけでなくノアまで痩《や》せてしまった。

「内臓の損傷は治した。今は栄養不足と体力不足で動けないだけだろう。宿舎に戻ったら、しばらくは安静にしてくれ」

校長に微笑まれ、マホロはノアの肩越しに頷いた。カーリーと兵士もほっとしたように微笑んでいる。今夜は境界線の傍で野営することになった。ノアが魔法で火を熾《おこ》し、校長が森の中に生えている野草を摘んで、森の人からもらったという米を使って雑炊を作る。野菜を煮込んだいい匂いが漂ってくると、マホロは空腹を覚えた。ノアはマホロの隣に座り、支えるように肩を抱く。

意識がはっきりすると、マホロは気づいた。

「オスカー先輩は……?」

隊の中にオスカーの姿がない。確かオスカーは左目を失って大変だったはずだ。その後はどうなったのだろう。

「どこまで覚えている?」

校長に困った顔をされ、オスカーが左目を失ったところまでと答える。

「あの後、君もオスカーも重傷で、ノアはパニックになるし、少女はいつの間にか消えているしで、私は窮地《きゅうち》に立たされたよ。あの地下神殿で傷を治せたらよかったのだけど、人気《ひとけ》がまったくなかったし、地下神殿がどういう構造かも知らない。だから私は君たち重傷者を森の人の村に戻すほうが助かる確率は高いと踏んだ。最初に祭壇のある部屋にいただろう？　あそこから元の場所に戻れるのさ。とりあえず君たちを森の人の村に運び、治療した。オスカーはしばらくすると出血が止まってね。だが彼は痛みにひどく苦しんでいた。あそこでは魔法が使えなかったし、それ以上の治療は望めなくて、オスカーは先に戻ると言いだしたんだ」

オスカーはまさか一人であの道を戻ったのか。

「我々は止めたんだが、オスカーは聞かなくてね。その時、オスカーは例のオリジナル魔法を発動した。近くにいた者が次々と眠り始めてね。彼は左目の代わりにオリジナル魔法を手に入れた。《誘惑の眠り》――あらゆるものを眠りに引き込めるという魔法だった。オスカーのオリジナル魔法は人だけでなく、獣や鳥にも有効だった。あれがある限り、どんなものと出会っても、平気だろうと、一人で帰るのを許可した。だからオスカーはとっくに士官学校に戻っているはずだ。この境界線は入るのには手続きが必要だが、帰りはこの岩に触れ、名前を口にするだけで通してもらえるんだ。入るのは難しいが出るのは簡単。ここはそういう場所なんだ」

校長は境界線の岩山を指差して言う。オスカーの事情を知り、少し心配になった。片方の目しか使えない生活は不便だろう。慣れないと歩行も大変なのではないだろうか。

「あの……マギ、いえ、司祭の遺体は？」

地下神殿の遺体を思い返し、マホロは口ごもりながら尋ねた。彼をマギステルと呼んでいた過去について、何故か今は口にしたくなかった。幽界で会った彼について明かせば、話したくないことも言わなければならなくなる。

「司祭の遺体は森の人に任せた。手厚く葬ると言っていたよ」

校長が目を細めて微笑む。

「そういえば……アルビオンは？」

マホロはいつもくっついている白いチワワがいないことに気づき、動揺した。一緒に水晶宮に入ったところまでは覚えている。その後は意識が朦朧《もうろう》として、アルビオンのことまで考えられなかった。

「使い魔は、君が血を吐いた時に消えた」

校長が言いづらそうに答える。マホロはぎくりとして、胃が縮む思いをした。マホロが仮死状態になったので、使い魔も死んだのだろうか――。

「使い魔は主《あるじ》である君が死なない限り、死ぬことはない。闘いで命を落とすことはあっても、再び呼び出せば蘇る。今は君は体力不足だから、元気になったら呼び出してみなさい」

マホロは胸を撫で下ろした。一瞬、マホロと一緒に死んだのかと思って、焦った。

「明日には士官学校に戻れる。しっかり休んで元気になったらオスカーに会いに行くといい」

校長は皿に雑炊を入れ、マホロに手渡す。湯気の立つ雑炊を口に含み、何て美味しいのだろうと感激した。何日も食べていなかったせいか、あっという間に皿を空にしてしまった。おかわりが欲しかったが、いきなりたくさん食べると胃に悪いと言われ、我慢した。食事するマホロをノアが愛しげに見つめている。ノアはずっとマホロから離れない。目を離すと死んでしまうと思っているようだ。

「ノア先輩も食べて下さい」

手の動きが止まっているノアに言うと、気づいたようにスプーンを口に運ぶ。マホロはがりがりに痩せてしまったが、ノアもずいぶん痩せていた。聞けば、マホロが倒れてからほとんど食事をしていなかったそうだ。この人にたくさん心配をかけてしまった。意識が朦朧としている間でさえ、ノアの心が壊れかけそうな場面を何度も見た。ノアがあんなふうに泣くのを初めて見た。この人は泣かない人だと思っていたのに。

「魔法で結界を張った。これでこの近くには獣は寄りつかない。今夜は全員、ぐっすり眠れるよ」

校長は予備の魔法石を杖に嵌めると、野営地の周囲に結界を張った。火の精霊を呼び、火の番を任せると、カーリーや兵士にも眠るよう促した。校長やカーリー、兵士がそれぞれ疲れきった身体を寝袋に横たえた。そこで初めて気づいたのだが、カーリーと兵士はノアを恐れるように距離をとっている。不死者をばらばらにしたオリジナル魔法を見たせいだろう。

マホロはノアと話がしたくて、皆から少し離れた場所で、肩を寄せ合って夜空を見上げた。ノアは濡れた布でマホロの汚れた顔を拭《ふ》き、何故か悲しそうに目を伏せる。

「ノア先輩……」

マホロは濡れた布を手に取り、ノアの汚れた顔や手を拭く。まだだるいが、回復魔法をかけてもらってから動きはかなり楽になった。

「俺は来るべきじゃなかった。俺が来たせいで、お前を死なせるところだった」

ノアはうつむいたまま、絞り出すような声で言った。マホロが生死の境をさまよっている間、ノアはどれほど自分を責めただろう。マホロは胸が苦しくなって、ノアを抱きしめた。

「俺、生きてます。ノア先輩、だから大丈夫です」

マホロはノアの額に額をくっつけて、囁いた。ノアの手が頬にかかり、貪るような口づけをされる。まだ激しいキスをされると息が苦しくて、身体から力が抜けてしまう。ノアもそれに気づき、マホロの背中に腕を回し、ぎゅーっと抱きしめてくる。

「こんなに泣いたのは生まれて初めてだ。身体の水分が全部失われるんじゃないかと思うくらい、泣いた。俺はもうお前がいないと駄目だ」

ノアはマホロの肩に顔を埋《うず》め、自嘲気味に呟く。

「ノア先輩……」

いつも強いと思っていたノアが脆《もろ》く見えて、マホロはその背中を優しく撫でた。こうしてくっついていると、愛しさが高まってくる。ノアの愛情が全身に染《し》み渡《わた》り、マホロもそれを返したいと思った。

「俺、戻ってこられてよかった」

ノアの耳元で呟き、マホロはふっと息苦しくなった。

——マホロ、お前は地下神殿に戻り、私の代わりに司祭の役目を果たせ。そして、闇魔法の一族か、子を生せるまで生き延びた光の民と子を作るのだ。それがお前に与えられた役割だ。

　幽界でのマギステルとの会話が脳裏に浮かぶ。光魔法の一族であるマホロが何故こんなに長く生き永らえているのか、自分の心臓に埋め込まれたものが何か、その秘密が明かされた。マギステルはマホロに種の存続を求めていた。マギステルからすれば、マホロがこうしてノアと抱きしめ合っているのは無駄な行為でしかない。

　それでも今はノアの熱を感じていたかった。この人の傍にいたかった。

「お前がいなくなるのが怖いよ。今夜はこうしてずっと抱きしめていてもいいか？　不安なんだ。俺を安心させてくれ」

　ノアはマホロを抱きしめたまま枯れ葉の上に横たわった。ノアの胸に頭を乗せ、マホロはノアがいいと言うまでそうしていた。ノアの鼓動が布越しに伝わってくる。

　考えなければならないことはいくつもあった。

　地下神殿にジークフリートが現れ司祭を殺した件、オスカーのオリジナル魔法、何よりマギステルから聞いた話をどこまで皆に明かすべきなのか、すぐには答えは見つからない。

　今はノアのぬくもりを感じていたかった。マホロは目を閉じ、ノアに身体を密着させた。

　夜空の煌《きら》めきの下、マホロは愛する人の胸で眠りについた。

8 風の精霊

ローエン士官学校に着くと、先に戻っていた兵士三人と合流できた。彼らは仲間の兵士二人が亡くなったことに、ショックを受けていた。煙草《たばこ》を捨てたせいで調子が悪かった兵士は神殿の掃除をすると、すっかり元気になったらしい。カーリーたちとは教員宿舎の前で別れた。カーリーは女王に今回起きた出来事すべてを報告すると言って、校長に敬礼した。

「さぁ、とりあえずノアは寮に戻って。マホロとずっといたいのは分かるけど、君たちぼろぼろだ。マホロがもう少し肉をつけたら、二人きりにさせてあげるから」

校長はその場を離れたがらないノアの尻を叩いて、寮に戻した。マホロは教員宿舎に戻り、汚れた身体と髪を洗ってさっぱりすると、栄養のある食事をとった。久しぶりに柔らかいベッドに横になると、どっと疲れを感じる。行く前に覚悟はしていたが、これほど大変だとは思っていなかった。

「不在だった間、何か問題が起きなかったか聞いてくるから、マホロ君は寝てていいよ。使い魔を護衛につけるから」

ベッドに横たわったマホロが動けずにいると、校長はそう言って部屋を出ていった。ロットワイラーが十頭ほど現れて、マホロを守るように部屋の隅に伏せる。そこからぷつりと記憶が途切れ、次に目覚めた時には朝日が部屋を照らしていた。

校長はとっくに起きて、朝食を作っている。

テーブルに焼きたてのパンと目玉焼き、新鮮なサラダと果実が用意されている。久しぶりのまともな食事だ。甘い香りの紅茶が目の前に置かれ、マホロは校長と朝食をとった。校長とノアの回復魔法のおかげで、体調はすっかりよくなった。まだ手足に力は入らないが、きっとすぐに体力も戻るだろう。

「君が無事に戻れたことを神に感謝するよ。オスカーも元気だった。左目を失ったことで、すごい騒ぎになっていたらしいが。ジョージが回復魔法で癒してくれたようで痛みは引いたと言っていた。といっても失った目は戻ってこなかったようだが」

校長はそう教えてくれた。回復魔法で治せるものには限界がある。失ったものは、魔法では戻せないのだ。校長が不在の間、ローエン士官学校は普段通りだったようで、一安心といったところだろう。一足先に帰ったオスカーも元気になっているのなら、よかった。

「君はしばらく仕事はいいから、体力を回復させること。身体に負担がかかるから変化《へんげ》の術もしばらく使わない。だから絶対にこの宿舎から出ないでね。それにしても体重が半分くらいになっちゃったんじゃないか？　小枝のような手足だ」

マホロの手首を取り、校長が嘆かわしげに言う。

「明日、私は一泊二日で本土に行ってくる。女王陛下に謁見しなければならないし、ノアのことをセオドアに報告しなければならない。陛下とセオドアは私の口から仔細を聞きたいそうだ」

校長は面倒そうにマホロに耳打ちする。ノアのこととは、オリジナル魔法のことだろう。ノアは《空間関与》というオリジナル魔法を持っていた。無機物のものを圧縮したり、破壊したりするものだ。今回もらったオリジナル魔法は《空間消滅》——おそらく、有機物も破壊できるようになった。

マホロは何ともなしに胸が騒いだ。授かったその力が、ノアにとって本当にいいものかどうか確信が持てなかったのだ。端的に言えば、ノアは人をいとも簡単に殺すことができる。オリジナル魔法は感情が昂《たかぶ》ると勝手に発動されるとノアは以前言っていた。

「……そうだな。オリジナル魔法について、セオドアに報告しなければならない。いや、セオドアだけでなく、女王陛下にも」

マホロが何を考えているか察したように、校長が目を伏せる。

「この先、君の存在はとてつもなく重要になる。ノアの心身の安定のためにもね。今は悩んでも仕方ない。早く元気になること、それが一番の解決策だ。ノアを安心させてあげなさい」

校長がぽんとマホロの頭を叩く。

「それもあって明日はノアにこの部屋を明け渡すことにした。あいつときたら、今日はほとんどの授業をさぼっているらしい。特別だよ？」

含みのある笑みで囁《ささや》かれ、マホロは頬をぽっと赤らめた。

「……ノアが他人の前で泣くのを初めて見た」

校長のまつげが揺れ、ため息と共に紅茶を口にする。マホロが死にかけた時の情景が脳裏に浮かんでいるのだろう。

「ノアは君がいないと生きていけないようだ。あのどこか欠けた男には君というパーツが必要なのだろうな。私はノアを十三歳の頃から知っているが、ノアが他人の前であんなふうに感情を爆発させるのを初めて見たよ。本当に君が快復してよかった。君がいる限り、ノアはまともでいられる」

「校長……」

校長はノアの父親であるセオドアと親しいから、ノアの肉親のような気持ちなのかもしれない。マホロは何も言えなくなって、紅茶を一口飲んだ。本当は自分はノアの傍にいてはいけないのだが、それは口にできなかった。

「今日は安静にしていなさい。暇だったら本でも読んでいるといい。ハーブ畑の世話は、他の者に頼んであるから」

校長に悪戯っぽい顔で聞かれ、マホロは笑顔になって頷いた。

「あの、アルビオンを呼び出してみてもいいですか?」

安静にと言われたが、消えたアルビオンが気になって仕方がなかった。ちゃんと存在するのか心配で尋ねると、校長が微笑む。

「やってみなさい」

マホロは床に向かって手を差し伸べた。

「使い魔アルビオン、馳せ参じよ」

緊張しつつ言うと、煙が湧き起こり、白いチワワが飛び出てきた。アルビオンは尻尾《しっぽ》をぶんぶん振って、マホロの胸に飛び込んできた。使い魔は死なないというのは本当なのだ。久しぶりに会えてマホロも感激した。

「使い魔を呼び出す魔法は完璧だね。それは君がアルビオンを愛しいと思っているからだよ」

校長にウインクされ、マホロは嬉しくなって小躍りした。そういえば魔法のコントロールができない自分が、使い魔をすんなり呼び出せた。自分の魔法が少し進歩しているようで、心が浮き立つ。

「ほらほら、ちゃんと全部食べて」

マホロの皿に残っている料理を指さすと、校長は食べ終えた自分の皿を片づける。校長は今日から通常の仕事に戻るようだ。マホロは食事を終えると、植物図鑑を少し読み、アルビオンと一緒にベッドに横になった。誰かに姿を見られたら困るので、外には出られない。部屋でゆっくりと過ごし、明日へ思いを馳せた。


翌日、校長は午後になると残った職員に指示を出してから本土へ出発した。マホロは書物を読んだり、夕食を作ったりしてその日を過ごした。少し寒さを感じて、六時頃に暖炉《だんろ》に火を入れた。

クリムゾン島の立ち入り禁止区は気温が高いが、ローエン士官学校が立っている地区はそれほどでもないようだった。本土では昨日から大雪だそうで、暖かいこの土地も影響を受けているのかもしれない。七時を過ぎると、玄関のドアがノックされ、マホロは急いでドアに駆け寄った。

ドアを開くと、ノアがいて、満面の笑みで抱きしめられる。

「会いたかった」

後ろ手でドアを閉め、ノアがマホロに口づけてくる。激しく唇を吸われ、まるで十年ぶりに再会した恋人のようだと思った。ノアの顔にはすっかり生気が戻り、ブルネットの髪にも艶《つや》が戻っている。それにいい匂いもする。

「ノアせん……」

マホロの言葉を遮るように、ノアは何度も口をふさぎ、マホロの髪を弄《まさぐ》ってきた。吐息が熱い。しゃべろうとしても唇を吸われ、舌を食《は》まれ、マホロは息が荒くなってきた。唇を吸うたびいやらしい音が響いて、立っているのがつらくなってくる。足元でアルビオンがうろついていたが、自分は邪魔だと悟ったのか、部屋の隅にいるロットワイラーのお尻に自分の小さなお尻をくっつけて伏せて寝てしまった。

「はぁ……は…」

やっとノアが唇を解放してくれたと思ったとたん、抱き上げられて部屋の奥に連れていかれた。ノアはすぐにベッドを見つけ、マホロをそこに下ろす。

「おしゃべりはあとで」

ノアはそう言いながらマホロに伸しかかってきた。着ていたセーターを脱がされ、シャツのボタンも外される。

「お前の匂い。安心する」

ノアはマホロの首筋から耳朶《じだ》に鼻を押しつけ、うっとりした声を出した。ノアはマントを脱ぎ、ベッドの下に放り投げる。制服を着ていたノアは、マホロを見下ろして、見せつけるように次々と脱いでいった。制服の下から鍛え上げられた肉体が出てきて、マホロは恥ずかしくなって顔を背けた。生死の境をさまよったせいで、マホロはすっかり痩せてしまい、みっともない身体つきになってしまった。

「骨が浮いている」

裸になったノアは、マホロのシャツを袖から引き抜き、あばらに触れた。

「すみません……」

「何で謝るんだ」

呆れた口調でノアが呟き、ベルトに手をかけた。自分でズボンを脱ごうとしたが、脱がせるのが好きなノアに全部剝がれた。

「生きている。それだけでいいよ」

全裸になって身体を密着させると、ノアはマホロの胸に耳をくっつけて甘い声で言う。無性に愛おしくなって、マホロはノアの頭を撫でた。するとノアが見惚れるような微笑みを浮かべ、マホロの乳首を吸う。

「ん……」

平らな胸にノアが顔を寄せ、乳首を舌先で探る。音を立てて吸われ、舌先で弾かれ、そこがつんと尖《とが》っていく。ノアはマホロの背中に手を回し、揉むような動きで徐々に下へ移動した。その手が尻のはざまを滑り、すぼみに触れる。

「んん……、ふぅ……はぁ……」

裸に剝かれて寒さを感じたのに、あちこち弄られるとじわじわと身体に熱が灯《とも》っていった。ノアは尻たぶを揉み、何度もすぼみを指先で押していく。中まで入りそうで入ってこないのがもどかしく、マホロはしだいに息を詰めていった。

「ひゃ……」

乳首をカリ、と噛まれ、マホロはつい上擦った声を上げた。ノアに何度も舐《な》められ、両方の乳首が存在を主張している。唾液で濡れて光っているのが妙にいやらしく、胸元から疼《うず》くような感覚が全身に浸透してきた。

「ここ、ずいぶん感じるようになったな」

ノアが嬉しそうに指先で乳首を摘む。マホロはひくりと腰を蠢《うごめ》かし、赤くなってノアを睨《にら》んだ。

ノアが笑って起き上がる。

「可愛いって言ってるんだよ」

ノアは甘ったるい声で言って、脱いだ制服のポケットを探った。そこから小瓶を取り出し、手に液体を垂らす。ノアはマホロをうつ伏せにさせると、液体を尻のすぼみに擦りつけてきた。

「う……」

ノアの指がぬめりを伴って、中に入ってくる。慣れない異物感にマホロは呻《うめ》き、シーツに肘を突いた。ノアは小瓶の液体を尻のすぼみにさらに垂らしてきた。

「はぁ……はぁ……」

マホロは身をくねらせて、息を乱した。ノアの指は勝手知ったるという様子で内壁をぐるりとなぞってくる。指を折り曲げられ、ふっくらとした部分を重点的に擦られ、マホロは呼吸を乱していった。

「ここも感じるようになった」

ノアは奥に入れた指を動かしつつ言う。ノアが指を出し入れするたびに、ぐちゅぐちゅという水音がした。それが無性に恥ずかしくて、脳を痺れさせる。ノアが奥の感じる場所を突くたび、腰がびくりと震えるのがとても嫌だ。

「あ……っ、あ……っ、ふ、は……っ」

マホロは身をよじりながら、甘い声を上げた。マホロの性器が硬く反り返り、しとどに濡れている。まだ一度も触れてもらっていないのに、先走りの蜜がこぼれているのだ。

「マホロ、こっちを向け」

尻の奥に指を入れたまま、ノアがマホロの身体を反転させる。息が乱れて、身体が熱くなっている。マホロはシーツに背中を預け、ノアの指の動きでもじもじと腰を揺らした。ノアの前に勃《ぼっ》起《き》した身体をさらしている。あっという間に火がついた身体は、直接的な愛撫を求めている。マホロが性器に手をかけようとすると、ノアがそれを止めた。

「ひ、ああ……っ」

屈《かが》み込《こ》んできたノアが、マホロの硬くなった性器を口に銜《くわ》えた。生暖かい口内に包まれると、声が殺せなくなる。ノアは尻の奥を弄りながら、顔を上下させる。舌や口で性器を愛撫され、我慢するのは不可能だった。

「ノア先輩、口、出して……っ、俺、すぐ、出ちゃう、から……っ」

尻の奥の感じる場所をぐりぐり擦られ、性器を含まれて、マホロは仰《の》け反《ぞ》って叫んだ。急速に腰に熱が加わり、鼓動が激しくなる。荒くなった息遣いでノアの口淫をやめさせようとするが、ノアの頭はちっとも動かない。それどころか激しく口を動かされて、マホロは胸を震わせた。

「駄目、駄目、イ、っちゃ、う……っ、……っ」

射精してはいけないと思ったのに、性器と尻を同時に愛撫されて、マホロは我慢できずにノアの口の中に精液を吐き出してしまった。

「ひ、や、ぁ……っ」

止めようとしても止められず、ノアの搾《しぼ》り取《と》るような動きに合わせて、精液が放たれる。全力疾走をした時のように呼吸が荒く、顔も身体も赤くなっていた。

「ひ……っ、はぁ……っ、は……っ、ノア、せんぱ……っ」

真っ赤になってノアを見ると、咽《のど》がごくりと動くのが見えた。青くなって起き上がり、マホロは震えた。

「の、飲んだん、ですか？」

まさかと思いつつ、マホロは濡れた口元を拭《ぬぐ》うノアを凝視した。

「美味くはないな」

何でもないことのように言われ、マホロは青くなったり赤くなったりして身を縮めた。

「お、俺も、します」

ノアにとんでもないことをさせたという自覚があったので、マホロは思い切ってノアの腰に顔を近づけた。ノアの性器はとっくに硬くなっていて、怖いくらいだ。

「無理するな」

ノアはそう言うが、自分だってノアを気持ちよくしたい。マホロはそう思い、おそるおそるノアの性器に手を添えた。何となく触るのが怖くて、こうしてしっかり触れるのは初めてだ。

「こう……ですか？」

やり方がよく分からないなりに、マホロはノアの性器を口に含んでみた。大きくて口いっぱいに広がる。自分のものとは比べ物にならないくらい大きくて、長い。ノアの顔を見上げながら、先端を舐めていると、気持ちよさそうな息が頭に降ってきた。

「何も知らないって顔しているお前に、しゃぶらせているのって、かなりクるな」

ノアの頬が紅潮して、マホロの頬を撫でる。ノアも気持ちいいのだと知り、マホロは懸命に舌を絡ませた。全部を銜えるのはとても無理で、先端だけをぺろぺろと舐める。

「はぁ、はぁ……、どう、ですか？」

ずっと銜えていると息が苦しくて、マホロは口を離して手を動かした。ノアの性器は硬度を保ったままで、達する気配がない。

「うん、下手だ」

嬉しそうに言われて、マホロはがっかりして肩を落とした。気持ちよさそうにしているからよくできているものと思っていた。

「そんな……どうすれば？」

マホロがいじけて聞くと、ノアが目を細める。

「初めてって感じでいい。ずっと見ていられる。がんばってる姿が可愛い」

ノアは見当違いの誉め言葉を浴びせる。マホロとしてはノアにも気持ちよくなってほしいのだが。

「裏筋を舐めてくれるか？」

気落ちしていると分かったのか、ノアがマホロを誘導する。言われた通りに性器に舌を這わせ、根元から先端にかけて上下させた。そうするとノアの性器がぐっと硬度を増し、反り返る。

「ああ、すごくいい」

ノアが吐息をこぼし、マホロの頭を撫でる。最初は感じていた羞恥《しゅうち》が少し薄れ、マホロは夢中になってノアの性器を舐めた。しだいにノアの息が荒くなり、脈が速くなっていくのが分かる。先走りの汁があふれてくると、ノアが大きく息を吐き出した。

「銜えてくれるか？」

上擦った声で言われ、マホロはノアの性器を口に含んだ。小さな口を動かして、ノアに射精してもらおうとがんばっていると、マホロの髪を撫でていたノアの手に力が加わった。

「ごめん。我慢できなくなった」

ノアはマホロの口に性器を入れたまま、腰を突き出してきた。びっくりして吐き出そうとしたが、それを許さず、ノアがマホロの口内を性器で犯してくる。大きくて太くて長いモノが何度も口の中に突き出され、咽の奥まで犯された。

「う、っぅ……っ、出す、ぞ」

息を詰めながらノアが苦しげに、口走る。次の瞬間には口内にどろりとした液体が大量に吐き出された。マホロは苦しくて涙を流した。

「ぐ……っ、カ、ハ……ッ」

呑み込むのはとても無理で、マホロは精液をシーツに吐き出した。口の端からどろどろした液体が垂れていく。咽が苦しい。涙目でノアを見上げると、興奮した様子で見つめられ、マホロは息を乱した。

「やばい、お前といると変な感情が引き出される」

口元を濡らして苦しそうに咳き込むマホロに、ノアがうっとりした様子で呟いた。ノアはマホロが精液を吐き出している姿に興奮しているらしい。

「ひ、ひどいです。ノア先輩……」

マホロが咳き込みながら言うと、ノアが貪るように口づけてきた。精液の味がする深いキスをされ、目元の涙も舌で拭われる。

「お前がいやらしすぎるからだろう。何も知らないって顔で俺のペニスをしゃぶって。達したのにまた硬くなった。お前とこうしていると、離れたくなくなる」

ノアはマホロの口に指を突っ込み、耳朶を食んで囁いた。股の間に足を差し込まれ、身体を擦りつけられた。

「どこもかしこも可愛い。食べてしまいたい」

マホロの乳首を歯で引っ張り、ノアが再び尻の奥に指を入れてくる。内部を弄《いじ》られながら乳首を舌で弾かれ、マホロは息を喘《あえ》がせた。窓の外は雪が降っているのに、暖炉の火のおかげだけではなく、ノアと絡み合っているせいで身体が熱い。

「ノア先輩なら……いいですよ」

身体中を弄《まさぐ》られ、気持ちよさに頭がぼうっとしてきて、ついそんな言葉を口にしてしまった。

「いいって、食べていいって、ことか?」

首筋に痕を残して、ノアが笑う。

「はい」

甘く呻きながらマホロが頷くと、驚いたようにノアが動きを止める。至近距離でじっと見つめられて、マホロは紅潮した頬をノアの頬に擦りつけた。

「ノア先輩になら、何をされてもいいです」

ノアの薄い唇にそっと唇を重ね、マホロは言った。ノアの目が大きく開かれ、次には激しく唇を吸われた。開いた唇が重なり、舌先が口内の奥にまで侵入してくる。互いの唾液が絡まり合い、どちらのものかさえ分からなくなった。

「すごい愛の言葉だ」

ノアはマホロをきつく抱きしめ、耳朶に嚙みついてきた。本当に食い千切られるかもと思ったが、それならそれでいいと思った。ノアは震える吐息をマホロの耳朶にかけると、甘く食んできた。

「愛している」

ノアの震える声が全身に降り注ぐ。

マホロはその身体を抱きしめ、自分も同じ気持ちだと伝えるように密着した。


まどろみの中、マホロたちは朝まで愛し合った。

身体をくっつけすぎて、溶けてしまうのではないかと思ったくらいだ。朝日が部屋に差し込む頃、アルビオンの吼《ほ》える声でようやく起き上がり、遅い朝食を作って仲よく食べた。マホロの作ったキッシュを、ノアは美味しそうに食べてくれる。

「ノア先輩、授業が始まります」

マホロから離れたくないというノアを軽く睨みつけ、授業が始まる少し前にようやくノアを学校へ送り出した。昼には校長も戻ってくるし、それまでにシーツを綺麗にして、汚れた身体を洗いたい。


「授業が終わったら、来る」

未練がましく何度も振り返るノアに窓から手を振り、マホロは身体を濡れた布で拭《ふ》き、シーツを洗濯した。ノアがたくさん痕をつけるので、今日は若草色のタートルネックのセーターを着た。

校長と食べる昼食用にアップルパイを焼いていると、部屋をノックする音がした。アルビオンがきゃんきゃん吼えて、ドアを爪で引っ掻く。

てっきり校長が帰ってきたと思い、マホロは確認せずにドアを開けた。

「やぁ」

そこに立っていたのはオスカーだった。左目に黒い眼帯をして、黒いコートを着た私服姿でマホロに微笑みかける。

「オスカー先輩」

マホロはオスカーを見上げて、言葉を詰まらせた。地下神殿で別れたきり会っていなかったので、元気そうな姿にホッとした。眼帯姿のオスカーは、以前の彼とは少し違う雰囲気になっていた。

「元気そうでよかった。あの時は君が死ぬかと思ったけど。俺も自分の痛みでいっぱいいっぱいだったから、傍にいられなくてごめんね」

オスカーはマホロの頭のてっぺんから足の爪先まで眺め、軽くハグして言う。

「俺こそ。オスカー先輩は……その、左目……」

マホロはオスカーを窺《うかが》う。オスカーは自然な様子で部屋の中に入ってきた。オスカーなら部屋の中に入れてもいいだろうと、マホロはお茶の用意をした。オスカーはいい匂いがすると言ってオーブンを覗き込んだ。

「ギフトって本当に、その人にとって大事なものを奪っていくんだね。確かに俺は、俺の目を大事にしていた。精霊が視《み》える目——これを奪われたら、俺は生きていく指針を失う。右目が残っていて本当によかったよ」

オスカーは水晶宮での記憶を辿るように言った。まだ片方の目しか使えない生活に馴染《なじ》んでいないのだろう、テーブルの角に足をぶつけている。

「オスカー先輩……もうすぐアップルパイ、焼けるんで」

マホロは茶器にハーブティーを注ぎながら、目を伏せた。オスカーの中に少しだけやさぐれた思いを感じとってしまった。明るく陽気だったオスカーが、今はわずかに陰を持っている。やはりギフトなど求めるべきではなかったのではないだろうか。

「しかもあれだけ願っていたギフトが、微妙なものだろ。ちょっと、いや、大いにがっかりした。実戦的な能力を身につけられると思っていたのにさ」

オスカーは首を軽く振って椅子を引き、腰を下ろす。マホロが淹《い》れた紅茶を右目の近くに置くと、皮肉っぽく笑った。

「いい香り。と、まぁ。最初は腐ってたんだけど、よくよく考えてみると俺のオリジナル魔法は無敵かもしれないと思えてきた」

　オスカーは眼帯の辺りを指で擦る。

「なくなった左目が痛む……。マホロ、立っていると危ない」

　オスカーに顎《あご》をしゃくられ、ポットをキッチンに戻そうとしていたマホロは、怪訝《けげん》そうに振り返った。

　オスカーの目の色が金色に変化した。と思う間もなく、花の匂いが鼻孔をついた。強烈な眠気に襲われ、マホロは膝を折った。いつの間にかオスカーが目の前に立っていて、マホロの手からポットを奪い、キッチンに置く。

　膝から下に力が入らなくなり、マホロは床に倒れ込みそうになった。それをオスカーが抱き留め、支えてくれた。どうして？　朦朧《もうろう》とする意識の中、マホロは訳が分からなくなって、必死に瞼《まぶた》を開けようとした。アルビオンが毛を逆立てて吼え、オスカーの足をがりがりと爪で掻いている。オスカーはアルビオンの首をひょいと摑み、まだアップルパイを焼いている最中のオーブンを開けると、その中に放り投げた。アルビオンの声が消える。駆け寄ろうとした二頭のロットワイラーが、抗いきれない睡魔に負けて床に倒れ込む。

「抵抗しても無駄だ。《誘惑の眠り》を発動している。マホロ、眠って。眠っている間にすませるから」

　オスカーが耳元で優しく呟く。何を言っているのか分からないまま、マホロはぐったりとオスカーにもたれかかった。眠くて意識を保っていられない。手足に力が入らない。オスカーがマホロにオリジナル魔法《誘惑の眠り》をかけた？　何故？　何故？

「何て軽いんだ。これなら楽に背負っていける」

意識が薄らぐ中、オスカーはマホロを背負い、部屋を出た。オスカーの背中に揺られながら、マホロはどうなってしまうのだろうと恐怖に怯《おび》えた。


心地よい眠りの中にマホロはいた。身体が揺れている。何か夢を見ていたような気がするが、ほとんど覚えていない。誰かの背中におぶわれ、運ばれている。何かの拍子に薄く目を開けると、辺りは薄暗かった。洞窟の中にいるようだ。寒さを感じてぶるりと震えると、マホロを背負っていた男が足を止めた。

「我が名はオスカー・ラザフォード。アナベルとエミリーの孫で、風魔法の直系の子なり。ここに真名を記す。同行者は光の民の子、マホロ。中に入る許可を願いたい」

オスカーは壁に向かって声を上げた。マホロは懸命に睡魔に抗った。少し前に校長が立ち入り禁止区に入るために、同じ口上を岩壁の前で唱えた。まさかここは境界線かと、マホロはオスカーの背中で身じろいだ。

（ここ……どこ）

マホロは落ちかける瞼を必死にこじ開け、周囲に目を向けた。校長と一緒に来た場所ではなか

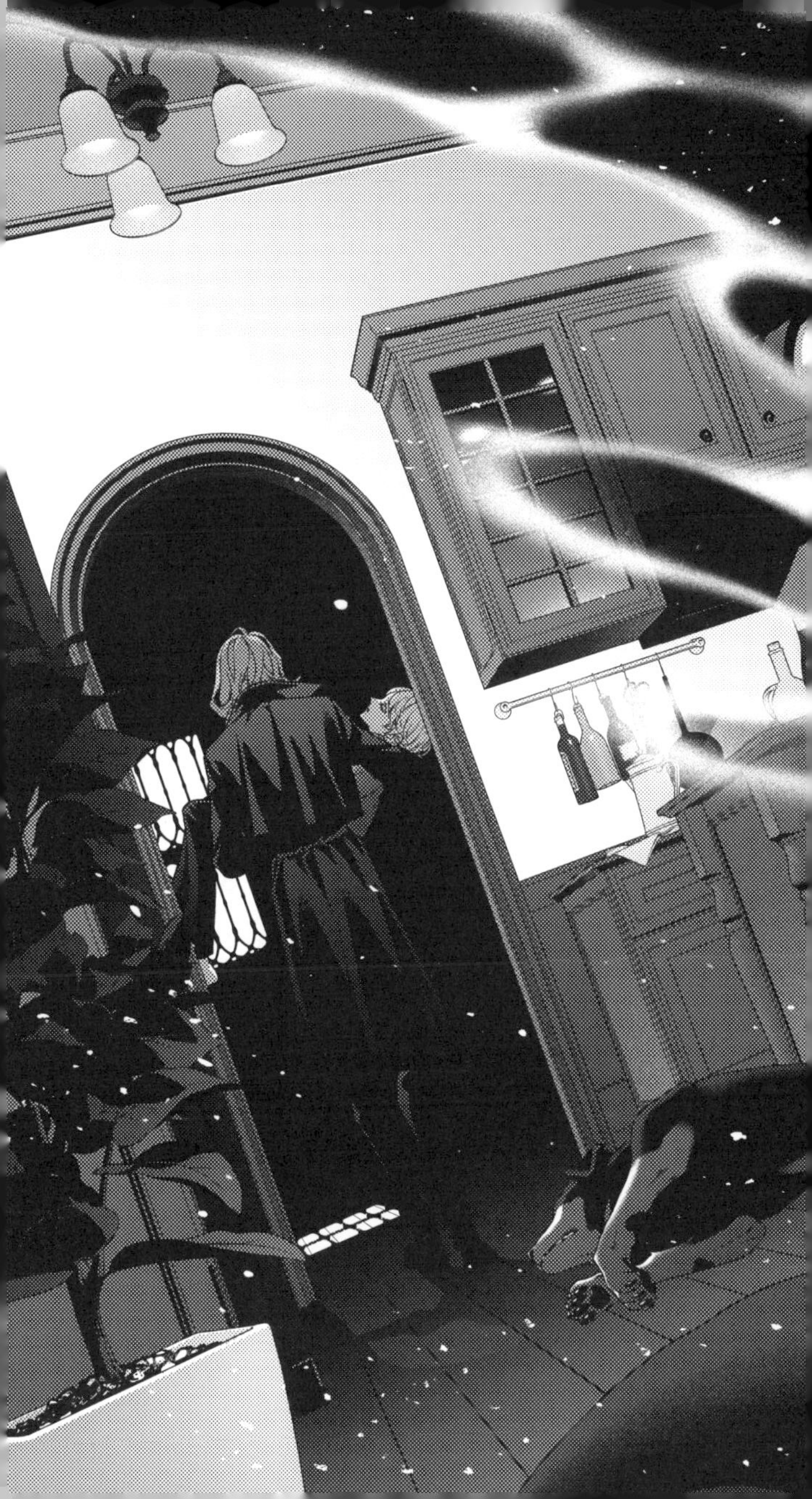

った。どこかの洞窟の最深部らしく、目の前には岩壁がそびえていた。水滴が岩に落ちる音とオスカーの声だけが響いている。

オスカーの声に反応して、岩壁に扉ができる。マホロは呻き声を上げてオスカーの背中から下りようとした。

「あれ、起きちゃった？　まだ調節が上手くできてないな……」

マホロが目覚めたのに気づき、オスカーが首をかしげる。ここがどこだか分からないが、オスカーの口上でまだクリムゾン島にいると分かった。オスカーはまた森の人のいる場所へ向かおうとしているのだろうか？　そもそも何故？　マホロは眠くてぐらぐらする頭と闘いながら、オスカーの肩を摑んだ。

「オスカー先輩、何で……」

マホロがうつろな声で問うと、オスカーは笑って岩壁にできた扉を潜った。岩壁を通り抜けたとたん、景色が一変する。

「ジークフリートたちがどうやってこの島から出ていったか——この出口を使ったのさ」

オスカーはマホロを背負いつつ、言った。マホロは一瞬だけ眠気を忘れて、景色に見入った。扉の先は、きらびやかな光に満ちた場所に変わっていた。水晶宮に似ていたが、人工物はなく、発光する岩壁で囲まれた異質な場所だった。どこかに光源があるらしく、天井や壁は青く美しい光を放っていた。歩くたびに光が反射してまばゆいくらいだ。

重い頭を後ろに向けると扉が消えて、マホロは何故、と繰り返した。ジークフリートの逃走ルートを知っている？　嫌な予感がして、マホロは胸が騒いだ。オスカーはマホロをどこへ連れていこうとしているのか。

「竜の巣は、あるよ」

オスカーはマホロを連れて、誇らしげに言った。少し歩くと大きく開けた場所に出た。青く光る岩壁の奥に、黒い生き物が蠢いているのが見えた。大きな黒い羽と長い首、ぎょろりとした目、数頭が固まってもぞもぞと動いている。

「竜……」

マホロは息を呑んで、呻いた。オスカーの肩越しに見えた生き物は竜だった。羽を閉じ、数頭で固まってくっついている。そしてその近くに、人が立っている。頭に羽のついた髪飾りをつけた男で、一頭、一頭の竜の様子を窺って何か話しかけている。竜はバリバリと音を立てて何かを食べている。石……？　いや——魔法石？

「もう少し眠っていて」

オスカーの声と共に、再び強烈な眠気に襲われた。マホロは揺れていた頭をオスカーの肩にもたれさせた。駄目だ、どうしても眠い——。

何故？　どうして？　理解できない問いかけが頭の中をぐるぐる回る。マホロは起きなければと必死に念じつつ夢の世界に引きずり込まれた。

気がついたら、マホロはござの上に寝かされていた。ハッとして起き上がると、隣にオスカーが座っている。どこかの岩穴にいるようで、天井は低く、壁も狭かった。カンテラが置かれていて、暗闇にほのかな明かりをもたらしている。オスカーはコートを脱いで黒いセーターとズボン姿でリンゴを齧《かじ》っていた。マホロが目覚めたのに気づくと、食べかけのリンゴを差し出す。

「起きた？　食べる？」

緊張感のかけらもない口調で聞かれ、マホロは顔を強張らせた。何が何だか分からないが、勝手にこんな場所に連れ出されて危険を感じる。逃げなければと思ったとたん、オスカーの手で腕を引っ張られ、ござの上に尻もちをつく。

「おっと、魔法が使えなくても、君くらいわけないよ。拘束とかはしたくないんだ。マホロ、病み上がりだしね。言っておくけど、俺たち立ち入り禁止区に戻ってきた。だからここでは魔法が使えない。だとすれば、魔法なしで、力で俺に敵うわけない君が逃れるのは無理だよ。暴れるだけ損」

マホロの手を引き、オスカーが苦笑する。齧りかけのリンゴが転がり、マホロは眉根を寄せてオスカーを睨んだ。境界線を越えてしまったのか。とはいえ、マホロが知る場所ではなかった。どうやらあの時オスカーが岩壁から扉を出した場所は、まったく違うところにある立ち入り禁止区への出入り口らしい。立ち入り禁止区に入る扉は一つではないということなのか。まだ体力が戻っていないし、マホロの非力では、オスカーを押し返すことさえできなかった。

「何なんですか……？　俺を眠らせて、どうしてこんな場所に？」

マホロが咎《とが》めるように聞くと、オスカーはじろじろと見返してくる。観察するように見られ、警戒心が湧く。

「君の精霊は本当に消えない。不思議だなぁ。ノアの愛し方と、俺の愛し方の何が違う？　どうしてマホロの精霊は消えないの？」

オスカーはマホロの問いには答えず、意味不明の呟きをする。ここがどこだか、何時かも分からないが、消えたマホロのことを、校長やノアが心配しているのは確かだ。

「放して下さい、俺、帰ります」

オスカーの腕を離そうと、マホロは腕を引っ張った。オスカーはびくともせず、逆に両腕を摑まれて、ござの上に押し倒された。オスカーがマホロの腰に跨《また》がり、見下ろしてくる。

「ねぇ、マホロ。俺も愛してよ」

オスカーの整った顔が近づいてきて、マホロは急に怖くなった。オスカーと話が通じない。キスをねだるようにオスカーが吐息を被せてきて、マホロは混乱して顔を背けた。

「やめ、て下さい、嚙みます」

引《ひ》き攣《つ》った声で言うと、オスカーが残念そうに顔を引っ込める。

「俺とキスするの嫌？　ノアに悪いから？」

間近で見つめられ、マホロはいよいよ混乱した。オスカーはプレイボーイと噂で、これまでも何度かマホロに粉をかけてきたことはあった。だがこんなふうに、強引に迫ってきたのは初めてだ。

「何を言っているか分かりません。俺はオスカー先輩にそういう気持ちを抱いてません」

腕を放してほしくて、マホロは懸命に暴れた。身体に乗っかったオスカーは重くて、どんなに暴れても抜け出せない。

「俺は君が好きだよ。すごく興味がある。俺と恋人になっても精霊が消えないのかな。知りたいなぁ、君のこと」

オスカーはマホロの腕を両手でひとまとめにすると、マホロのセーターをシャツごとまくり上げた。冷気に肌がさらされ、ひやりとする。マホロは青ざめてオスカーを見上げた。オスカーの手が腹の辺りに触れて肌を這う。さらに胸の辺りまでセーターがまくり上げられ、オスカーの前に上半身がさらけ出された。

「すべすべだね。子どもの肌みたいだ。これ、ノアの痕？　あいつ、意外と情熱的なセックスをするんだなぁ」

感心するようにオスカーがマホロの身体を触ってくる。本気でオスカーはマホロに不埒《ふらち》な真似をしようとしているのだろうか？　信じられなくて、マホロは小刻みに震えた。

「怖いことはしないよ。震えないで。君を愛したいだけだ」

マホロが震えているのに気づき、オスカーが屈み込んでくる。オスカーが乳首にキスをした――と思った瞬間、マホロとオスカーの間に突然、魔法壁が現れた。オスカーは驚いて手を離し、マホロもびっくりして硬直した。

「何、今の」

オスカーが呆然としてマホロを凝視する。

ノアと繋がろうとした際に出てきた魔法壁が、今ここでも発動した。マホロも訳が分からなくて、絶句する。光魔法の一族は同じ光魔法か闇魔法の一族としか結ばれない。とはいえ、ノアとの行為では魔法壁は繋がろうとした時だけ発動した。だからオスカーに押し倒されても、同じような場面でしか魔法壁は出ないだろうと思っていたのだ。ところが魔法壁はオスカーが性的な触れ方をしただけで発動した。どういうことだろう？

「まさか、セックスさせないっていうわけ？」

オスカーが確かめるようにマホロににじり寄り、強引にズボンを下ろして性器に触れようとする。すると同じように魔法壁が生じ、オスカーは痺れを感じたようにマホロから離れた。

「すごい。こんなの初めて見た。君がしたの？　ノアのために貞操を守ろうとして？」

オスカーは痺れた手を押さえ、怒るどころか逆に目を輝かせている。マホロはこの隙に逃げようとしたが、オスカーに足を引っかけられ、その場に転倒した。

「ふつうに触る分には発動しないんだね。面白いなぁ。ますます興味が湧いた。マホロを犯すにはどうすればいいんだろう。できないと分かると、余計そそられる」

マホロの身体をござに引きずり戻し、オスカーがマホロの腕を縄で縛り始めた。拘束は好きじゃないと言っていたが、マホロを逃がさないためだろう。

「オスカー先輩……俺を解放して下さい。こんなの、大騒ぎになります。ノア先輩が絶対に怒る……」

マホロは後ろ手に縛られ、悲痛な声を上げた。こんな目に遭っていると知ったら、ノアは烈火の如《ごと》く怒り狂うだろう。オスカーと友達でも、ノアは自分のものを穢《けが》されるのを嫌う。二人が自分のせいで闘うのは絶対に見たくなかった。

「ノアは怒るだろうね。しょうがない。これから俺がどこへ行くか知ったら、どんな顔をするかな。ノアと再会する日が楽しみだ。あいつの綺麗な顔が歪むと、俺はぞくぞくする。本当は君を俺のものにして、ノアを挑発してみたかったけれど、それは今のところ駄目そうだな」

オスカーは笑いながら齧りかけのリンゴを拾い上げ、再び口に入れた。

奥から足音がして、誰かが近づいてくる。マホロは怯えるように顔を上げた。近づいてきたのは頭に羽根飾りをつけた男だった。彫りの深い顔立ちに、鷲鼻《わしばな》で、身体つきは細い。縛られているマホロを見やり、わずかに不愉快そうに唇を歪める。

「竜使いのアンジーだよ」

オスカーが気安く紹介するとアンジーが顔を背けた。

「用意はできた」

アンジーは低い声で告げ、踵《きびす》を返す。オスカーはリンゴの芯をその辺に放り、マホロに繋いだ縄を引っ張った。

「じゃあ行こう」

オスカーはマホロの縄を引いて歩きだした。マホロは抵抗したが、強い力で引っ張られ引きずられた。少し歩くと、日の光が漏れてきて洞窟の出口が近いのが分かった。

「オスカー先輩、帰して下さい。俺は行きたくない！」

マホロは声を荒らげ、腕の縄が解《ほど》けないかと抵抗した。マホロがぐずっていると、オスカーがマホロの腰をひょいと肩に、担《かつ》ぎ上《あ》げる。

オスカーの肩に担がれたまま洞窟を出ると、そこに大きな生き物がいた。黒い羽を広げた竜だった。全長三メートルほどはあるだろうか。近くで見ると大きな牙と、鋭い爪が目に飛び込んできた。竜はマホロをじろりと睨み、臭い息を吐き出す。

「乗れ」

アンジーは竜の羽伝いに飛び乗り、長い首の根元に跨って言った。マホロは呆気にとられたままオスカーに担がれて竜の背中に飛び乗った。そういえば軍には竜使いと呼ばれる人がいて、竜を操ると聞く。このアンジーという男も、同じように竜を操れるのか。

「どこへ行くんですか……」

竜が羽を広げて大きく上下に振り始めると、マホロは真っ青になって聞いた。

「ジークフリートのところ」

オスカーはマホロを背中から抱き込むようにして、竜の背中にしがみつく。恐れていた答えが戻ってきて、マホロは絶望した。考えたくなかった。オスカーがジークフリートと通じていると——。

「裏切ったんですか……？　学校を、ノア先輩を、……一族だって」

風魔法の直系の子息であるオスカーがジークフリートの元へ行くということは、国を裏切るという意味にも繋がる。そんな大それた真似をしているようには見えなかった。オスカーはいつも通りひょうひょうとしていて、悲壮感のかけらもない。

「裏切る？　ああ、そんなにたいそうなものじゃない。ジークフリートがこの世界を元に戻してくれるっていうから、それまでは手伝ってやってもいいかなって。マホロ、俺はね。本当はローエン士官学校なんて嫌いなんだよ。風魔法を使えるのは風魔法の一族だけでいいんだ。誰もがいろんな魔法を使えるようになって、馬鹿みたいだ。皆仲良く魔法使いになって、何が楽しいの？　俺は別の血族に風魔法を使ってほしくないよ」

オスカーは竜の羽が起こす風で髪をなびかせながら、淡々と告げた。

浮遊感が起こり、竜が宙に浮いたのが分かった。マホロが身体をぐらつかせると、オスカーがしっかりと抱き留める。視界が高くなり、竜が上昇していくのが分かった。竜使いのアンジーは聞き慣れない言葉を竜に叫んでいる。竜はその声に従い、高く、高く舞い上がっていった。

竜が風を切って飛び出す。クリムゾン島を囲う魔法壁は竜には関係なかった。マホロは竜の背中にしがみつき、海の上を飛んだ。どんどんクリムゾン島が離れていく。これからどうなってしまうのだろうと、マホロは怯えるばかりだった。

9 機械人形

クリムゾン島から離れると、再び強烈な眠りに支配され、マホロの記憶は途絶えた。

どれくらいの時間が経ったのだろう。長く眠らされた感覚があって、何かの拍子で目覚めると、心地よい風を頬に感じた。

「ここ、は……」

マホロはだるい身体を無理に起こして、顔を顰《しか》めた。

最初に目に入ったのは、外から入ってくる風で揺れるカーテンだった。風をはらんだ布がふわりと浮かび、外の景色が目に入る。白い砂浜と青い海が続いていた。海沿いの屋敷で、マホロは自分が大きなベッドに寝かされていたのを知った。広々とした部屋には白いベッドとテーブルセット、竹細工の衝立《ついたて》が置かれていた。おそらく二階にいるのだろう。窓からの視界は少し高い。

「ジーク、さ、ま……」

マホロは白い椅子に腰かけていた人物に気づき、身体を強張らせた。ジークフリートが白い椅子に座り、紅茶を飲みながらマホロを見つめていた。部屋には他に人はいない。マホロは縛られておらず、ベッドに寝かされていただけだ。

「オスカー先輩がここへ……？」

絶望に打ちひしがれてマホロは尋ねた。オスカーは本当にノアたちを裏切ったのだと悟り、未来に希望がもてなくなった。竜の背中に乗せられたところまでは覚えている。その後、ジークフリートの元へ運ばれたのだろう。

「マホロ。何故、あの時、私から逃げた？」

ジークフリートは静かに茶器を置き、足を組んでマホロを見据えた。整った怜悧《れいり》な顔に、薄い唇、燃えるような赤毛のジークフリートは黒いスーツを着ていた。その表情はどこか怒りを含んでいる。

あの時、というのはクリムゾン島での闘いの最中にマホロが逃げ出した時のことを指しているのだろう。ジークフリートにとってマホロが裏切ったり逃げ出したりすることは予定になかった。

「……ジーク様、俺は」

マホロはジークフリートの目を見返すのが恐ろしくて、ついうつむいた。小さい時にボールドウィン家に引き取られてから、ジークフリートはマホロにとって主人だった。ジークフリートに逆らうなんて考えられなかった。主人の命令を聞き、忠実に側に仕える――それがマホロの生き方だった。

だが今は、違う。マホロはローエン士官学校に入って変わった。特にノアと出会い、愛される喜びを知ってしまった。

「俺は、人殺しをするジーク様についていけません」

マホロは拳《こぶし》をぎゅっと握り、決意して告げた。正面切ってジークフリートに逆らうのは怖かったけれど、気持ちは偽れなかった。ジークフリートがこの国を滅ぼそうとするなら、それに加担することはできない。

マホロの言葉にジークフリートの目がすぅっと細まった。値踏みするように見据えられ、マホロの鼓動は速まった。ここから逃げ出さなければならないけれど、その前にジークフリートの気持ちが知りたかった。何故あんな真似をしたのか。嬉々《きき》として人を殺していたジークフリートは、何者なのか。

「……私は自分が闇魔法の一族だと、小さい頃に知らされた」

ジークフリートは椅子から立ち上がり、ゆっくりとマホロに近づいてくる。マホロはベッドの上で身構えて、息を詰めてジークフリートを見上げた。

「信者の一人だったサミュエルが私を養子にしたのだ。父の顚末《てんまつ》も聞かされた。お前に分かるか？　生まれながらに殺される運命の一族だと言われた時の気持ちが」

ジークフリートはベッドに腰を下ろし、マホロに顔を近づける。マホロは警戒しつつ、ジークフリートと視線を絡ませた。いざとなれば、また逃げ出すつもりだった。あの時光に包まれて飛び出したように、ジークフリートが力ずくで言うことを聞かせようとしたら、魔法を使うしかない、と。コントロールはできないが、この場を破壊してもいいなら魔法を使える。マホロは固く決意し、ジークフリートを見返した。

ジークフリートの絶望や悲しみは、マホロにも少しだけ理解できる。幼い日に闇魔法の一族だと知ったら、生きる気力を失うだろう。隠れて暮らすか、表に出て復讐《ふくしゅう》を果たすか――ジークフリートは後者を選んだ。

「私の過ちは、お前をローエン士官学校に行かせたことだ。こんなことなら、もっと早くに――ローエン士官学校に入る前にお前を自分のものにするべきだった。あの時はまだお前は幼く、この花を散らすのは早いと思った」

ジークフリートの手が頬にかかり、マホロはびくっと震えた。ジークフリートの瞳が揺れて、マホロは心臓が口から飛び出すかと思った。

「私に運命の相手がいるとすれば、それはお前だと思っていた」

強い口調で訴えられ、マホロは心臓を射貫《いぬ》かれたような気がした。ジークフリートが自分に執着していると感じていたのは間違いではなかった。

「ジーク様は……俺が光の民だと、知っていたのですか……？」

マホロはかすれた声で問いかけた。

「お前が光の民だと知ったから、傍に置いたのだ。お前と離れようとも問題はないと思っていた。お前は私以外の者と結ばれることはない。お前は闇魔法の一族か光魔法の一族としか結ばれないと知っていたからだ。それなのに――」

ジークフリートの手がマホロの髪を摑んだ。摑まれた髪ごと無理やりベッドに縫いつけられて、マホロは悲鳴を呑み込んだ。痛みと恐怖で目が潤む。ジークフリートが残虐な光を湛《たた》えた瞳でマホロを見下ろしていた。

「ノアに気に入られたか？　あの綺麗な男はお前に目をつけた。だが、火魔法の一族だ。お前を抱けなかっただろう？」

ジークフリートはマホロの肩をシーツに押しつけ、蔑むように吐き出した。ジークフリートの感情が乱れているのをマホロは初めて見た。嫉妬、しているのだろうか？

「ジーク様、や、やめて下さい……」

ジークフリートの顔が近づいてきて、マホロはとっさに逃げようとした。だがマホロを押さえつけるジークフリートの力は強く、伸しかかられ、顎《あご》を押さえつけられると身動きがとれなくなった。ジークフリートの唇がマホロの唇に重なって、強く吸われる。

唐突に——ジークフリートとは最後までできるのだ、と思い出した。闇魔法の一族であるジークフリートは、マホロと繋がることができる。ノアが入れなかった身体の奥まで、ジークフリートは侵入することができるのだ。

「嫌、だ……っ、嫌」

マホロは震えが止まらなくなって、頭がカーッとなった。もしジークフリートに犯されたら、ノアはどう思うだろう？　嫌われてしまう。怒り狂うのは間違いない。もう愛してくれなくなるかも——。

「……っ」

ノアに嫌われたくないと強烈に思った時、マホロはジークフリートの唇を噛んでしまった。ジークフリートが驚いたように顔を離し、血の滲《にじ》んだ唇を拭《ぬぐ》う。マホロははぁはぁと息を喘《あえ》がせ、小刻みに震えていた。キスをされてジークフリートの唇を思い切り噛んだ。ジークフリートに逆らった。

「マホロ……、この私にこんな真似を？」

赤毛を逆立たせ、ジークフリートが恐ろしいほどの憤《いきどお》りを抱えたのが分かった。ジークフリートの目が金色に変化する。これはオリジナル魔法を使う時に見られる兆候だと気づいた時には、遅かった。次の瞬間、全身に見えない蔓《つる》が巻きついてきたような錯覚に囚われる。蔓はマホロの全身を一気に巻き取り、無数の棘《とげ》で締めつけてくる。

「う、ぐ……っ」

マホロは全身を走る痛みに、恐怖を覚えた。

——数秒後には、マホロは焦点の合わない瞳でジークフリートを見返していた。両腕がだらりと垂れ下がり、表情からは感情が一切消えていた。

「……怒りのあまり、魔法を発動してしまった」

鉄の味がする唇の端を舐《な》め、ジークフリートは赤毛を掻き乱した。ベッドに倒れているマホロを起こすと、機械人形のように意思を失ったマホロがそこに座る。

「厄介なものだな、オリジナル魔法というやつは。持ち主の感情で勝手に発動されるのか」

ジークフリートは忌々しげに呟き、マホロを見やった。マホロは無言でそこに座っている。起こした時に顔が窓のほうを向いていたので、焦点の合わない目で海を見ている。その足首に銀色の金属の輪っかが嵌《は》められているのに気づき、指先で触れた。マホロの居場所を突き止める魔法

具の一種だろう。銀色の輪っかは呪文詠唱のあとに一瞬のうちに冷却され、ぴしぴしと亀裂が入った音を立てる。やがて粉々に砕け、シーツに散らばった。

「マホロ、キスをしなさい」

ジークフリートが囁《ささや》くと、マホロの首がぐるりと回り、何の躊躇《ちゅうちょ》もなくジークフリートの唇にキスをする。

「何て味気ないキスだ。だが、今はこれで我慢しよう」

ジークフリートは唇を歪め、機械人形のようなマホロの唇を吸った。何の反応もないが、ジークフリートは味わうようにその唇を吸った。

POSTSCRIPT

HANA YAKOU

こんにちは&はじめまして。夜光花です。

血族シリーズの二冊目です。無事出せて嬉しいです。学生ではなくなってしまったマホロですが、学校に戻ってまいりました。

この話はクリムゾン島が舞台なので、これから徐々に島の秘密を明かしていきたいです。今回はオスカーが重要人物になっていて、私の萌えである眼帯キャラになっております。自分に近いと萌えにくい私は、最近眼鏡をかけるようになり眼鏡キャラにあまり萌えなくなってしまいました。けれど眼帯はつけたこともないし、つける機会もなさそうなので、思う存分萌えられます。眼帯をつけたオスカーはいい感じに陰が出て書いてて楽しいです。

それにしても制服はいいですね。士官学校の制服が黒系なので魔法団は白系が理想で

夜光花　URL　http://yakouka.blog.so-net.ne.jp/
ヨルヒカルハナ：夜光花公式サイト

す。きらびやかな感じで、お貴族様っぽいのが萌えますすね。

　ところで使い魔はスマホみたいな存在と思って書いてます。自分の中にいる間に充電されていて、外に出るといろいろ使えるけど電力なくなったら戻ってこないと駄目みたいな。最初に呼び出す時、犬を飼っていた人はその犬が呼び出されます。犬を飼っていなかった人はその人の性質に合った犬が呼び出されます。校長は代々ロットワイラーを飼っていたので、使い魔はロットワイラーばかりです。

　変な設定が多い血族シリーズですが、ぜひ次巻も読んでいただけると嬉しいです。

　イラストを担当して下さった奈良千春先生、今回も萌える絵をありがとうございます。表紙も美しいけれど裏のオスカーも最高です。本文絵にまた見開きがあって感激です。特に地下道のシーンは迫力があります。毎回素晴らしい作品で感服します。いつもありがとうございます。

担当様、引き続きご指導ありがとうございます。次回は恋愛面が向上するようがんばります。

読んで下さった皆様、感想ぜひ聞かせてほしいです。悩むことも多い作業中、お手紙が心のオアシスです。よろしくお願いします。

ではでは、次の本で出会えるのを願って。

夜光花

SHY NOVELS

このたびは小社の作品をお買い上げくださり、誠にありがとうございます。
この作品に関するご意見・ご感想をぜひお寄せください。
今後の参考にさせていただきます。
https://bs-garden.com/enquete/

花嵐の血族

SHY NOVELS358

夜光花 著

HANA YAKOU

ファンレターの宛先

〒101-0065 東京都千代田区西神田3-3-9大洋ビル3F
(株)大洋図書 SHY NOVELS編集部
「夜光花先生」「奈良千春先生」係

皆様のお便りをお待ちしております。

初版第一刷2020年5月15日

発行者 山田章博
発行所 株式会社大洋図書
〒101-0065 東京都千代田区西神田3-3-9大洋ビル
電話 03-3263-2424(代表)
〒101-0065 東京都千代田区西神田3-3-9大洋ビル3F
電話 03-3556-1352(編集)
イラスト 奈良千春
デザイン 野本理香
カラー印刷 大日本印刷株式会社
本文印刷 株式会社暁印刷
製本 株式会社暁印刷

ISBN978-4-8130-1326-6

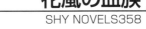